la courte échelle

Les éditions de la courte échelle inc.

Marie Décary

Artiste polyvalente, Marie Décary oeuvre dans plusieurs disciplines. Tout ce qui touche la création la passionne. Autant l'écriture que les arts visuels et le cinéma.

Après ses études en communication, Marie Décary est journaliste pour différentes revues. Puis elle fait partie de l'équipe fondatrice du magazine *La vie en rose*. Conceptrice de murales textiles, certains de ses travaux sont présentés lors d'expositions au Musée d'art contemporain et au Musée de Québec. Au cinéma, elle est d'abord recherchiste avant de devenir cinéaste à l'ONF de 1991 à 1994. Depuis une dizaine d'années, elle a réalisé cinq films (courts et moyens métrages) et six vidéos d'art.

Des idées plein la tête, Marie Décary est l'auteure de quatre romans, publiés à la courte échelle. Sa vision de la société contemporaine est fantaisiste, percutante, toujours originale

Rendez-vous sur Planète Terre est le cinquième roman qu'elle publie à la courte échelle.

De la même auteure, à la courte échelle

Collection Roman Jeunesse

Amour, réglisse et chocolat
Au pays des toucans marrants

Collection Roman+

L'incroyable Destinée
Nuisance Publik

Marie Décary

Rendez-vous
sur Planète Terre

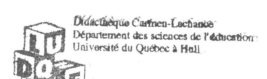
la courte échelle
Les éditions de la courte échelle inc.

Les éditions de la courte échelle inc.
5243, boul. Saint-Laurent
Montréal (Québec) H2T 1S4

Illustration de la couverture:
Sharif Tarabay

Conception graphique:
Derome design inc.

Révision des textes:
Lise Duquette

Dépôt légal, 1er trimestre 1998
Bibliothèque nationale du Québec

La courte échelle est inscrite au programme de subvention globale du Conseil des Arts et bénéficie de l'appui de la SODEC.

Données de catalogage avant publication (Canada)

Décary, Marie

   Rendez-vous sur Planète Terre

   (Roman+; R+53)

   ISBN 2-89021-321-8

   I. Titre.

PS8557.E235R46 1998   jC843'.54   C97-941602-7
PS9557.E235R46 1998
PZ23.D42Re 1998

À Retlaw Uaerduob

Chapitre 1

Bang!!!

Il y a de cela très, très, très longtemps...

Drrrit(e) s'agrippa à la paroi rocheuse qui surplombait le canyon couleur de rouille et elle entreprit sa pénible escalade vers le sommet. Sous le soleil, il faisait une chaleur de four à pâtisserie et la blessure qui rayait son front l'empêchait de progresser rapidement. Chacun de ses mouvements chancelants indiquait d'ailleurs que ses neurotransmetteurs ne résisteraient pas longtemps.

S'efforçant de ne pas céder à la panique et encore moins de basculer dans le ravin, elle parvint, au prix d'un grand effort, à se glisser dans la caverne qui lui servait d'abri.

Blessée et abattue, Drrrit(e) profita un instant de la fraîcheur qui régnait à l'intérieur de la galerie rocheuse. Sans même attendre que ses pupilles s'ajustent à la pénombre, elle appela son compagnon.

— Drrrit, Drrrit... Drrrit?

Aucun son ne fit écho à son chant semblable à celui des grillons.

Au bout d'un moment, et dans une langue qu'un terrien moyen trouverait probablement incompréhensible, il répondit faiblement:

— Ici. Ej sius ici...

Drrrit(e) découvrit Drrrit prostré derrière une stalagmite.

D'ordinaire, pour célébrer leurs retrouvailles quotidiennes, il ouvrait bien grand ses yeux où, comme sur un écran, elle pouvait visionner le film de sa journée. Cette fois, rien! Sa grosse tête penchée vers l'avant, il n'était visiblement pas disposé à se donner en spectacle ni même à communiquer.

Drrrit(e) avait pourtant des bits et des bits d'information à transmettre à son compagnon et elle brûlait d'entrer en contact avec lui. Toutefois, pour ce faire, Drrrit devait au moins la regarder.

Rongée d'inquiétude, songeant qu'il était peut-être en train de mourir, Drrrit(e) lui posa cette innocente question:

— Tse'uq-ec euq ut sa égnam, iuh'druojua?

Drrrit ouvrit enfin les yeux, mais il se contenta de fixer le sol. Puis, il répondit machinalement qu'il s'était installé dans un arbre aux feuilles tendres et qu'il avait bouffé du vert comme d'habitude. Drrrit(e) s'empressa de lui raconter qu'elle était allée se promener au bord de la grande mare salée où...

Drrrit ne lui laissa pas le temps de poursuivre. Il croyait deviner que Drrrit(e) se vanterait d'avoir déniché des algues, ces végétaux nutritifs dont elle raffolait.

— Lûûûk! fit-il, d'un ton morne, sans relever la tête.

Sur le point d'éclater, Drrrit(e) se dirigea vers la piscine naturelle qui était située sous leur logis de fortune. Se coulant dans le liquide hautement minéralisé pour y tempérer ses humeurs, elle ferma les yeux à son tour.

Si seulement Drrrit voulait poser son regard sur elle, il comprendrait...

En ce 5.12.17.15 de l'an 4.44, alors qu'elle folâtrait au bord de la grande mare salée, en quête de nourriture, Drrrit(e) avait surpris un groupe de prospecteurs en train de discuter avec les *Semmoh sirg*, ces féroces gérants de la Loi du profit.

Pour éviter de se faire remarquer, elle avait grimpé dans une sorte d'arbre à caoutchouc où sa petite taille la rendait presque invisible. Ainsi camouflée, elle épia leur conversation et ce qu'elle entendit entre les branches lui parut trop simple pour être vrai.

La planète mère qui était située à des milliards d'années-lumière était gourmande. Pour assurer la propulsion de ses vaisseaux interstellaires, elle réclamait toujours davantage de ce précieux *enatit* qui se trouvait au coeur du globe. Par conséquent, la demande subissait une hausse fulgurante, mais l'offre était limitée. Il fallait agir vite et les *Semmoh sirg* ordonnèrent aux dirigeants des travaux miniers de poursuivre les opérations de forage en utilisant les *repus sresal*.

Un des prospecteurs fit remarquer que ces outils puissants libéraient une énergie à côté de laquelle le nucléaire faisait figure de pétard mouillé. Il évoqua les dangers d'une explosion, voire d'une destruction totale de la planète si les travaux miniers se poursuivaient de façon aussi excessive.

Cette terrible information heurta Drrrit(e) comme une pluie de météorites flambantes et le cri aigu qui sortit de sa gorge fut irrépressible.

— Iiiiiiiih.

Du coup, Drrrit(e) devint plus apparente qu'une tache de moutarde sur un tapis blanc. Mais, alors qu'elle s'enfuyait à toute vitesse de sa cachette, un des *Semmoh sirg* la repéra et dirigea sur elle son rayon tranchant.

Drrrit(e) en frissonnait encore. Touchant son front où la plaie était déjà cicatrisée, elle se jura que rien ne la ferait reculer. Il était plus que temps de convaincre Drrrit de quitter leur planète.

***

La nuit venue, Drrrit(e) réussit à attirer Drrrit à l'extérieur de leur grotte. Tandis qu'ils regardaient ensemble dans la même direction, elle pointa une de ses maigres extrémités digitales vers le ciel pointillé d'étoiles et dit à sa manière:

— Tu vois, c'est par là...

Drrrit n'était pas un cerveau lent et il connaissait très bien les plans de Drrrit(e). Cependant, il ferma trois fois les yeux, exprimant ainsi ses doutes.

Loin d'être déconfite, Drrrit(e) s'évertua à répéter ce que tous deux savaient déjà: sur l'autre planète, la troisième du système solaire, la vie était différente. D'abord, il y avait un ciel bleu, des climats supportables, des plantes qui étaient comestibles et d'autres qui n'existaient que pour faire plaisir aux yeux.

Et puis, certaines créatures vivantes étaient avantageusement constituées. En plus d'être bipèdes, elles étaient recouvertes d'une enveloppe de chair dont les terminaisons nerveuses procuraient d'innombrables sensations.

Selon Drrrit(e), il y avait encore mieux: là-bas, il fallait se toucher de très près pour accomplir l'acte de reproduction et cette méthode, qui paraissait surprenante, l'excitait au plus haut point.

Drrrit l'écouta attentivement. Loin d'être convaincu de l'existence d'un ailleurs meilleur, il fit observer un peu platement que, justement, lui et Drrrit(e) ne possédaient pas de cette chose: un corps.

Ensuite, par a + b, il fit valoir à Drrrit(e) que le voyage vers la Terre comportait des risques immenses. Comment feraient-ils pour se retrouver ou se reconnaître une fois parvenus à destination? Et s'ils se perdaient à tout jamais? Il ajouta enfin que, là-bas, c'était le monde à l'envers. Même leur façon de parler...

Drrrit(e) posa sa main squelettique sur la bouche de Drrrit et lui signifia qu'elle consentait à se taire.

Apparemment docile, elle était pourtant loin de renoncer à son projet. Non seulement rêvait-elle déjà de cette autre planète aux moeurs si différentes, mais, depuis sa fâcheuse rencontre avec les *Semmoh sirg*, elle doutait sérieusement de l'avenir de leur propre univers.

Tirant profit d'une formule composée de chiffres et de calculs mathématiques des plus complexes, elle se fabriqua instantanément une membrane qui, croyait-elle, imitait assez bien la peau des terriens.

Le résultat fut à ce point surprenant que Drrrit ne put s'empêcher de braquer son regard sur elle.

Sur le torse normalement plat de Drrrit(e) étaient apparues deux sphères pulpeuses, ornées en leur centre de petits boutons charnus d'une couleur plus soutenue.

Plus bas, là où, juste avant, elle n'avait que des membres chétifs, deux jambes parfaitement droites surgirent comme de pures petites merveilles. Drrrit(e) en profita du coup pour placer ses nouvelles extrémités bien en vue. Tournant autour de Drrrit, elle dansa pour lui et le soûla des parfums qui émanaient de ses fraîches cellules.

Drrrit émit une sorte de sifflement strident et dans ses yeux noirs aux reflets bleutés de pétrole parut une lueur étrange qui témoignait enfin de son abandon. Il désirait manifestement en connaître davantage sur toute cette chimie animale.

Profitant de l'occasion, Drrrit(e) reprit la formule qui lui avait permis de se métamorphoser et elle transforma son cher compagnon.

Les rondeurs qu'elle fit naître sur la charpente de Drrrit lui semblèrent plutôt correctes: semblables aux siennes, bien qu'un peu moins volumineuses. Par contre, la manière dont elle réussit à modifier la moitié inférieure du corps de son compagnon lui parut fabuleuse.

Étonné, Drrrit examina le drôle de petit boyau de chair qui se trouvait là, entre ses... ses cuisses. Il crut même un instant que Drrrit(e) lui avait joué un mauvais tour ou qu'il était victime d'un défaut de fabrication.

Considérant le résultat de sa création avec enthousiasme, Drrrit(e) constata que la chose ne demandait qu'à être admirée et elle s'empressa de rassurer Drrrit en lui affirmant que cet appendice avait sûrement une quelconque utilité.

Drrrit et Drrrit(e) ne savaient encore trop quoi faire de leur nouvelle enveloppe corporelle et ils demeurèrent tous deux saisis, presque pétrifiés. Mais, la curiosité aidant, ils ne purent résister à la tentation de se toucher.

Laissant leurs doigts effleurer leur anatomie transfigurée, Drrrit et Drrrit(e) se gavèrent du plaisir qui glissait sur leur peau comme une vague et, de caresse en caresse, ils finirent par se frotter l'un contre l'autre, chair contre chair. Le flot des nouvelles sensations inconnues les submergea. Et, finalement, de leur gorge sortit un long soupir d'extase.

Drrrit(e) était comblée. Il lui était maintenant facile d'entrevoir leur prochaine vie. Assurément, là-bas, ils pourraient se reproduire en toute liberté et engendrer des êtres complètement vibrants, des neurones aux doigts de pied.

Revenant soudainement à la réalité, elle en profita pour rappeler à Drrrit que, dorénavant, tout leur était possible.

À ces mots, Drrrit fut parcouru par un frisson glacial.

— J'espère que je ne te perdrai pas... lui signifia-t-il en la regardant intensément.

Drrrit(e) s'approcha de sa nouvelle oreille et lui fit une grande révélation:

— N'aie pas peur. Toi et moi, nous sommes habités par un esprit qui nous permettra de naviguer dans l'espace et le temps. Grâce à lui, nous pourrons nous reconnaître quoi qu'il advienne.

Drrrit(e) souleva la main de Drrrit et la plaça au milieu de sa poitrine.

Un peu hébété, Drrrit sentit en effet que quelque chose en lui palpitait. Il contempla le bout de ses doigts qui tremblotaient, puis il fit signe à Drrrit(e) qu'il était prêt à passer à l'action.

Sur leur planète étrange, le grand vent de particules ionisées se leva, indiquant que le soleil réapparaîtrait trois heures plus tard. Drrrit et Drrrit(e) n'avaient pas une nanoseconde à perdre. Ils devaient profiter de cette nuit brève pour s'éclipser à tout jamais.

Ayant enfin retrouvé l'usage de leurs ondes cérébrales, ils se téléportèrent sur une des rampes de lancement pyramidales d'où les vaisseaux-cargos interstellaires décollaient pour la Terre. Empruntant à rebours la filière qui avait mené à leur création, ils se réduisirent à leur plus simple expression, celle de leur code de fabrication. Transmutés, ils feraient le voyage en suspension, dans un liquide salé comme la mer qui, bientôt, sur la Terre, les accueillerait.

Ainsi, Drrrit(e) réalisa son plan.

Pourtant, au moment où le vaisseau spatial quitta le sol, un pilier de feu surgit du coeur même de la planète. Le souffle puissant de l'explosion qui suivit cracha dans l'espace des milliards de fragments incandescents, et des milliards de milliards de particules commencèrent à graviter vers la Terre.

Longtemps après, dans le silence de la nuit cosmique, juste au-dessus de la vallée volatilisée où habitaient Drrrit et Drrrit(e), d'étranges nuages mordorés continuèrent de s'élever tout en reflétant la lumière solaire.

Ne la cherchez ni dans le ciel ni sur votre carte du cosmos, cette planète n'existe plus.

Gnab! Eurapsid.

Chapitre 2

Ça clique!

Quelque trois millions de secondes avant la fin du XXe siècle...

Ce n'était pas de la science-fiction: au-dessus de la planète Terre, le trou dans la couche d'ozone continuait de s'agrandir. Malgré tout, pour conserver sa cote d'écoute, le couple de lecteurs du téléjournal n'hésita pas à annoncer l'effrayante nouvelle sur un rythme de *rap*:

«Main-te-nant... il est aussi grand... que deux continents... que deux continents...» scandèrent-ils à tour de rôle, avant de présenter la pause publicitaire.

William détourna son regard du téléviseur. C'était plus fort que lui, toutes les informations concernant la pollution, les émanations de monoxyde de carbone, l'effet de serre, les déchets toxiques, les dépotoirs à ciel ouvert le catastrophaient.

«Pour sauver la planète, il faudrait faire

plus que de remplir le bac de recyclage une fois par semaine, mais quoi?» se demandat-il en grugeant nerveusement la peau qui entourait l'ongle de son pouce gauche.

William retourna dans la salle à manger où l'attendaient son père et sa nouvelle copine, une fille qui paraissait assez bien conservée dans sa jupette de vinyle. Il se serait bien privé de ce repas faussement familial, mais c'était son anniversaire...

Son père, François-Léo, avait déclaré qu'il s'agissait d'une coutume incontournable et comme tête dure on ne trouvait pas mieux que lui. Ce n'était sûrement pas sans raison que ses amis le surnommaient «Fléo».

Sur la table, la nourriture surabondante aurait suffi à alimenter une partie du Tiers-Monde. C'est du moins ce que pensa William, découragé. Songeant à tous les affamés du globe, il fit tout de même sa part pour éviter le gaspillage. Cependant, au bout d'une heure, le festin était loin d'être terminé.

Fléo éteignit alors l'halogène et déposa une énorme pâtisserie garnie de choux à la crème sous le nez de son fils tout en entonnant l'inévitable refrain de circonstance:

— Bonne fête, William! Bonne fête, William!...

Fléo chantait faux, Miss Vinyle riait et William n'éprouva rien de particulier, sinon un certain écoeurement face à tant de débordements.

Il fit l'effort de paraître emballé et se laissa embrasser par les deux adultes délirants qui l'encadraient. Il empocha aussi l'argent que son père avait glissé dans une carte de souhaits. Puis, selon la tradition, il souffla les bougies.

Dans le silence qui s'installa un bref instant dans la pièce, Fléo murmura:

— Seize ans, déjà! Je n'en reviens pas... La vie passe tellement vite!

William chercha quelque chose à dire pour rassurer son père, mais aucun mot ne vint. De toute façon, ce n'était pas la première fois qu'il entendait les adultes se plaindre. Ils semblaient tous vouloir arrêter le temps et retrouver leur jeunesse. À 88 ans, sa grand-mère paternelle ne l'avait pas encore digéré.

— Non! cette petite vieille, ce n'est pas moi, se plaignait-elle chaque fois qu'un miroir lui renvoyait son image fanée.

William ne comprenait pas. Lui, il n'entrevoyait qu'un seul jour, celui où il s'éloignerait de son enfance à toute vitesse et, de préférence, aux commandes d'un véhicule en forme de soucoupe volante fonctionnant soit à l'énergie solaire, soit à l'électricité.

Ayant avalé la plus grosse part du gâteau sans même lever les yeux, il demanda la permission de quitter la table et se dépêcha de regagner le sous-sol de la maison de banlieue dont Fléo continuait toujours de payer l'hypothèque. Ensuite, il bloqua la porte de sa chambre avec une chaise, s'installa devant son ordinateur et consulta son courrier électronique.

Au menu, deux messages. Le premier provenait du Nouveau-Mexique, là où sa mère s'était installée depuis son remariage avec un Américain nommé Peter Mann.

À l'écran, une image de carte postale se dévoila graduellement. On y voyait une petite famille de cow-boys devant un ranch. William s'attarda à examiner sa fofolle, mais toujours belle, maman. Il y avait plus d'un an qu'il ne l'avait revue en chair et en os. Cette fois encore, il devrait se contenter d'une apparition virtuelle et d'un court texte:

Happy birthday, *minou! J'ai des cadeaux pour toi, ils arriveront bientôt par la poste. Ici, tout est parfait et j'espère que tu viendras nous voir, l'été prochain. Des bisous de*

Peter et de ta nouvelle petite soeur Jessie.
I love you.

William soupira.

En bon garçon, il expédia quelques mots à sa mère en évitant de répondre à l'invitation pour la prochaine saison estivale. Pourquoi irait-il gaspiller les plus beaux jours de juillet dans une famille recomposée? Tout ça pour faire des guili-guili, gouzi-gouzi à sa nouvelle demi-soeur? Non merci! Avec un peu d'imagination, il trouverait certainement mieux. Même Fléo n'en saurait rien...

«Merci pour tout et ne t'inquiète pas. Ici, tout va bien. À bientôt, Mann!» écrivit-il, sans trop savoir quoi ajouter.

Le deuxième message qui avait été déposé dans sa boîte aux lettres virtuelle paraissait tout aussi obscur que des hiéroglyphes. Loin d'être déboussolé, William décoda sans peine qu'on lui transmettait l'heure et le lieu de sa rencontre quotidienne avec ses amis, Fakir, Suicide et Einstein.

Consultant sa montre, il s'élança sur l'autoroute électronique et, naviguant comme un pro, il parvint au rendez-vous en moins de trente secondes.

Surnommé l'Enté, le site était rapidement

devenu le favori des branchés, parce qu'il offrait plus à l'écran que les textes habituels. Dans un décor de château hanté à faire frémir, ceux qui le fréquentaient pouvaient non seulement s'y cacher derrière un pseudonyme et y tenir des conversations en direct, mais, en plus, choisir sous quelle forme graphique ils seraient représentés.

Prenant l'apparence d'un gros oeil soutenu par deux jambes en forme de cure-dents, William exécuta quelques clic, clac-clac-clac, clic sur le clavier de son ordinateur et il se dirigea illico vers la crypte.

La pièce virtuelle était tapissée de toiles d'araignée et, naturellement, il y faisait aussi sombre qu'en enfer. Circulant parmi les créatures bizarroïdes qui peuplaient l'endroit, William n'eut aucune difficulté à repérer ses amis. Toujours prêts aux pires excentricités, ces trois-là ne rataient jamais l'occasion de se faire remarquer.

Fakir paraissait traversé de clous, d'épées et de longs couteaux tranchants. Suicide s'était métamorphosé en insecte rouge muni de longues antennes et courait au plafond comme une coquerelle. Quant à Einstein, il se promenait déguisé en cuvette de toilettes. Lui, malgré son surnom de génie, c'était une complète nullité. Pour tout dire, il était du genre à se vanter d'avoir gagné le concours du plus long rot à son école... et William n'appréciait ni ses déguisements ni son humour particulièrement plat. Voici justement ce qu'il écrivit en voyant apparaître William, alias W:

— Tiens, voilà le neurone... Si tu veux faire travailler tes zygomatiques, j'en ai une bonne pour toi.

Là-dessus, il s'empressa de lui raconter cette blague expliquant la différence entre une fille et une pizza!

Seul dans sa chambre, William leva les yeux au plafond.

Les doigts sur les touches du clavier, il s'apprêta à le gratifier du signe convenu pour lui signifier son agacement, c'est-à-dire une binette aux sourcils froncés: >:-(. Toutefois, à cet instant précis, un personnage en tenue de guerrière surgit au milieu des pixels scintillants de son ordinateur. Son surnom: Maya33.

— Einstein, ESPÈCE DE PEPINO! Si tu veux faire le comique en te moquant des filles, j'ai des nouvelles fraîches à t'annoncer. MOI, J'APPARTIENS À UN DES DEUX GENRES DE MAMMIFÈRES ÉVOLUÉS DISPONIBLES SUR CETTE

PLANÈTE. Je n'en fais ni une maladie ni une théorie, mais j'ai une tête sur les épaules ET JE M'EN SERS LE PLUS SOUVENT POSSIBLE. Si ça te plaît d'être un homme des cavernes, tant pis pour toi. Moi, JE VEUX TOUT APPRENDRE, TOUT COMPRENDRE, et je n'ai pas de temps à perdre.

Le message était loin d'être ordinaire. D'abord, il était long, comparé aux autres, et personne ne pouvait s'y tromper, surtout pas un internaute averti comme William : Maya33 était du genre à dire ce qu'elle pensait et elle pouvait aussi le CRIER en lettres majuscules.

Les yeux rivés sur l'écran, William ne put s'empêcher de sourire et il attendit la suite des événements avec impatience.

Le ton était à la provocation et Einstein répliqua le premier en la traitant de féministe. Fakir se mit de la partie et ne se gêna pas pour signifier à Maya33 qu'il n'appréciait pas ses manières. À son tour, Suicide la traita d'internouille !

Bombardée de toutes parts, Maya33 riposta d'une manière surprenante. Blindée comme un tank, elle lançait des mots qui traversaient l'écran telles des bombes incendiaires. Elle répliqua d'ailleurs avec une phrase qui intrigua vraiment William :

— Je vous avertis. N'ESSAYEZ PAS DE M'IMPRESSIONNER. JE CHERCHE QUELQU'UN D'AUSSI SPÉCIAL QUE MOI, mais je ne suis pas pressée. Je parlerai à une seule personne, celle qui pourra me dire ce qu'on fait vraiment sur cette petite boule bleue perdue dans l'univers.

William avait beau naviguer sur l'autoroute électronique depuis longtemps, aujourd'hui, ça cliquait d'une manière différente. Sans trop comprendre pourquoi, il eut tout de suite envie d'entreprendre une conversation avec Maya33, mais il ne voulait surtout pas que son trio d'amis virtuels se moque de lui si ça ne fonctionnait pas.

Usant d'une stratégie des plus simples, il leur annonça qu'il quittait les lieux et réapparut à l'écran sous un nouveau pseudonyme. Se choisissant rapidement une tenue d'astronaute, il décida cette fois de s'appeler Sacha. Après tout, même s'il ne l'utilisait plus, c'était le prénom que lui avait donné sa mère à sa naissance. Ainsi camouflé, William se sentit un peu plus sûr de lui et tenta sa chance.

— Maya33, drôle de pseudo! Cosmique ou comique?

— Ni l'un ni l'autre. JE NE SUIS PAS

COMME LES AUTRES. Il y a même des gens qui pensent que je viens d'une autre planète.

William savait que sur l'autoroute E, tout le monde s'inventait des histoires qui n'avaient pas grand-chose à voir avec la réalité. Il répliqua du tac au tac:

— Tiens... Mars attaque! Et, en plus, tu parles français?

Maya33 n'était pas une proie facile. Sa réponse fut encore moins conciliante que la précédente:

— Disons que je suis en classe d'immersion et si tu insistes trop, je disparais.

William crut que Maya33 allait vraiment le quitter. Mais, ô surprise, loin de décrocher, elle lui manifesta un certain intérêt:

— J'ai dit que je ne parlerais pas à n'importe qui. Sacha, c'est M ou F?

William jongla avec la question. S'il se désignait comme M, ce qui signifiait masculin, il risquait de se trouver confondu avec la masse des hommes préhistoriques que Maya33 détestait. Par contre, il ne pouvait vraiment prétendre qu'il était F et décida donc de demeurer évasif. Reprenant à peu près les mots de Maya33, il admit qu'il était une des deux sortes de terriens.

Là-dessus, il s'empressa de poursuivre

avec une histoire totalement abracadabrante. Inventant au fur et à mesure, il souhaitait surtout plaire à sa nouvelle correspondante, ou mieux, la faire craquer, comme un oeuf:

— Tu dis que tu viens d'ailleurs, mais le plus curieux, c'est que, moi aussi, je suis un peu extraterrestre à mes heures. Ma propre mère s'est sauvée quand elle m'a vu à la pouponnière. Avoue que c'est bizarre de venir au monde avec des oreilles qui captent les ultrasons.

Il n'y avait évidemment rien de vrai dans tout ça. Au contraire! À cause de problèmes liés à sa naissance prématurée, William souffrait plutôt d'une légère déficience auditive.

Maya33 ne sembla pas supporter qu'on la prenne pour une valise et elle fut prompte à réagir:

— L'oreille humaine est incapable de percevoir des vibrations sonores dont la fréquence est supérieure à 20 000 hertz. Si tu te prends pour une chauve-souris ou si tu essaies de me faire marcher, je décampe!

William se sentit coincé. Cette fille en savait décidément beaucoup plus que lui. Il vérifia si ses amis épiaient cette conversation et, constatant leur disparition, il finit par admettre:

— Excuse-moi. Mes oreilles sont très ordinaires. Je voulais juste te faire rire pour que tu restes avec moi.

Maya33 fut apparemment touchée par cette réponse. En tout cas, elle lui demanda quel âge il avait et William répondit l'exacte vérité:

— Seize ans et trois heures.

Le commentaire de Maya33 se fit attendre. William l'avait-il déçue en lui révélant son âge? Cherchait-elle quelqu'un de plus vieux? Pendant un instant, William alias Sacha crut que sa correspondante avait disparu. Et pourtant non:

— Ça veut dire que tu es fortement influencé par Mars, la quatrième planète du système solaire.

Ne connaissant strictement rien à ce qui se passait en dehors de sa banlieue, et encore moins du côté des astres, William resta muet et c'est Maya33 qui poursuivit la conversation:

— Tu vis avec ta mère ou ton père?

William hésita. Son histoire familiale lui paraissant très compliquée, il jugea qu'il valait mieux éviter le sujet. Malgré tout, sa réponse fut assez juste:

— Disons que je vis avec mon ordinateur.

Maya33 fit alors une drôle de remarque:

— J'aime autant t'avertir: moi, je n'ai ni les yeux bleus ni les cheveux blonds. Est-ce que ça t'intéresse quand même de continuer?

La question avait pris William par surprise. Toutefois, et à son grand étonnement, il se vit taper sur le clavier à une vitesse ahurissante, comme si les mots lui pissaient des doigts:

— Je ne veux pas savoir de quoi tu peux bien avoir l'air. Je ne fais pas partie de la race des tarés qui prennent les filles pour des images de magazines. Je préfère celles qui ont un cerveau et, ça tombe bien, tu as justement l'air d'en posséder un. Pourquoi es-tu si agressive?

Maya33 désirait manifestement changer de sujet et elle questionna son correspondant sur ce qu'il aimait vraiment.

William-Sacha, qui en était encore à digérer les plats sophistiqués que son père avait commandés pour sa fête, répondit spontanément et du fond du coeur:

— Le spaghetti au beurre et au fromage.

Maya33 semblait prendre plaisir au jeu. Elle répliqua immédiatement:

— Je voulais dire: qu'est-ce que tu fabriques dans la VR, imbécile ;-)?

La binette qui apparaissait à la fin de la phrase était sympathique. William-Sacha n'eut pas besoin de pencher la tête sur la gauche pour comprendre qu'il s'agissait de la formule clin d'oeil habituelle.

— Dans la VR, la vie réelle... je suis comme tout le monde, je vais à l'école. J'ai déjà fait le tour de la planète et j'ai eu des centaines de correspondants.

Cette dernière phrase fit bondir Maya33:

— Tu en as beaucoup, en ce moment?

La réponse était oui. Bien camouflé derrière ses nombreux pseudonymes, William allait régulièrement à la pêche et il conversait avec des dizaines de correspondants à travers le monde. Il avait même consulté des pirates de l'art desquels il avait appris comment s'y prendre pour faire des graffitis interdits sur les murs de la ville.

Cependant, il n'avait jamais eu de correspondantes. S'il en faisait l'aveu à Maya33, elle le prendrait pour un idiot. Il prétendit donc le contraire et lui offrit un mensonge bien enrobé.

— Oui. J'en ai deux autres. Mais c'est la première fois que je communique avec une forme d'intelligence supérieure.

Il avait ajouté cela pour être gentil et

surtout pour étirer le temps qu'il passait avec elle.

Une fois de plus, Maya33 le prit par surprise:

— À quoi rêves-tu?

William souhaitait, bien sûr, sauver la planète. Sauf qu'il ne savait ni où ni comment entreprendre cette mission impossible. Alors il dit simplement qu'il voulait voyager et Maya33 s'exclama:

— MOI AUSSI!!!

Juste avec ses mots et sa façon d'utiliser les majuscules, cette fille rebelle le bouleversait. Il ne l'avait pas vue, il ne la rencontrerait peut-être jamais, mais déjà il l'adorait et avait envie de le lui déclarer sur-le-champ.

Était-ce habile ou pas? Si jamais Maya33 le ridiculisait, il serait humilié, démoli, prêt à prendre la fuite... William voulait lui écrire quelque chose de sublime, cependant, son âme de poète lui faisant défaut, il risqua un timide compliment:

— J'aime comment tu écris.

Curieusement, c'est Maya33 qui parut soudain pressée d'en finir:

— O.K. Je dois te quitter maintenant.

William n'allait pas laisser sa correspondante s'échapper ainsi et il se hâta de lui proposer un prochain rendez-vous:

— Est-ce qu'on peut se reparler? Demain, même heure, sur le site de l'hôtel Chatte. Promis?

Maya 33 contourna la question et elle disparut de l'écran, laissant William sur trois maigres lettres:

— ALP!

Selon le code des internautes, cela voulait dire «À la prochaine».

William fut tellement excité par cette réponse qu'il en rougit tout seul dans sa chambre. Il ne lui restait plus qu'à espérer que le temps file très vite jusqu'au lendemain.

Chapitre 3

Le mystère maya

De son vrai nom, Maya33 s'appelait Maxime Diaz-Laliberté. Selon les renseignements inscrits dans le grand fichier gouvernemental, elle était âgée de quatorze ans et habitait avec sa mère le haut d'un petit duplex situé au 33 de la rue Jules-Verne.

Autant le dire tout de suite, ces données ne constituaient que l'équivalent d'un cristal de glace sur la pointe d'un iceberg! Pour compléter le portrait de Maxime, il fallait en savoir bien davantage et, entre autres, qu'elle était une jeune personne très occupée.

En plus d'aller à l'école où elle excellait dans toutes les matières, elle pratiquait l'escrime ainsi que la nage artistique et elle étudiait l'anglais et l'espagnol. Elle rêvait aussi, secrètement, de devenir une grande archéologue.

À vivre à fond de train, Maxime en devenait souvent affolante et c'est probablement ce qui poussa le directeur de la polyvalente à convoquer sa mère. Comme tout bon administrateur soucieux de maximiser l'impact de sa communication verbale, il avait minutieusement choisi chacun de ses mots:

— Madame Laliberté, votre fille définit très bien ses objectifs, mais elle possède sûrement un «agenda» trop chargé pour son âge. Je pense qu'elle devrait mettre de l'ordre dans ses priorités. Son profil humain et sa manière d'entrer en relation avec les autres élèves sont parfois problématiques. Je crains que cela ne finisse par lui causer des ennuis sérieux...

Ce qu'il voulait dire, c'est que Maxime n'était pas des plus populaires à l'école. En fait, à l'exception de son amie Nadja, elle n'avait que des ennemies, dont la plus féroce était Doreen Gérard. Oui! Doreen Gérard, un nom à retenir...

Quoi d'autre? Ah oui... Au 31, juste en dessous de chez elle, vivait un couple d'une soixantaine d'années. Ils s'appelaient Balthazar et Elvire Drolet et, depuis les premiers mois de son existence, c'était chez eux que Maxime se retrouvait quand l'horaire de travail de sa mère infirmière la retenait à l'hôpital de seize heures à minuit. Voilà sans doute pourquoi elle les considérait comme ses grands-parents adoptifs.

Ajoutons que Mme Drolet cuisinait, en chantant, les meilleurs gâteaux à la vanille et que, détail capital, le vieux Balthazar laissait à Maxime l'usage de son ordinateur.

Chaque fois que l'envie lui prenait de rouler sur l'autoroute électronique, Maxime n'avait donc qu'à emprunter l'escalier de métal reliant les deux balcons arrière. Une fois parvenue au niveau de la ruelle, elle poussait doucement le portillon grinçant de la clôture de bois qui entourait la cour. Puis, ouvrant la porte avec une clé dissimulée sous le tapis, elle pénétrait directement dans le bureau de celui qu'elle avait très tôt baptisé Bazar.

Quelques secondes après avoir coupé court à sa conversation avec Sacha, elle était toujours plantée devant l'ordinateur où Balthazar Drolet vint la rejoindre.

— Vrai ou pas? Je gage que tu es allée faire un tour au royaume des esprits flottants en m'attendant, lui dit-il en déposant une poignée de pistaches devant elle.

Malgré son drôle de langage, Maxime comprit que Bazar se mourait d'envie de savoir si elle était allée folâtrer sur Internet. En guise de réponse, elle croqua quelques pistaches avec avidité. Elle n'allait quand même pas lui avouer qu'elle avait passé la dernière demi-heure à bavarder dans un décor de château hanté. Bazar était vraisemblablement trop vieux pour comprendre ce genre de choses. De toute manière, s'il était là, c'était pour lui donner un coup de pouce.

— Bon! Qu'est-ce qu'on fait? demanda-t-il.

Maxime lui répéta ce qu'elle lui avait déjà expliqué de nombreuses fois: elle devait écrire un texte pour le fameux concours «Destination Mexique».

Le projet était né dans la classe de géographie et Maxime se souvenait très bien de cette journée particulière: un 15 mars qui se donnait des airs de 15 janvier tellement il faisait froid. Dehors, des colonnes de fumée blanche s'élevaient des cheminées de la ville et Mme Lemerise, son professeur, regardait elle aussi par la fenêtre, l'air défait.

— Aujourd'hui, nous allons parler du Mexique, avait-elle commencé sur un ton rêveur.

Sur ce, elle s'était dirigée vers le tableau et y avait prestement dessiné le contour de ce grand pays d'Amérique centrale. Elle traça un x pour situer la capitale, Mexico, et elle énuméra les principales villes qui parsemaient ce pays de montagnes, de volcans, de déserts, de forêts, de jungles et de plages:

— Acapulco, Chihuahua, Guadalajara, Hermosillo, León, Mérida, Monterrey, Tampico, Tijuana, Veracruz...

Juste à entendre ces noms aux échos chantants, Maxime se sentit immédiatement transportée sur les lieux. Le Mexique! Ce pays de soleil et de couleurs exagérées où sa mère avait connu son père. Celui où Maxime aurait pu grandir si ses parents ne s'étaient pas bêtement séparés comme les autres.

Mme Lemerise avait-elle déjà un plan derrière la tête? Peut-être. Toujours est-il qu'à la fin de son exposé elle avait lancé la phrase suivante:

— Qu'est-ce que vous diriez d'aller faire un tour là-bas, l'été prochain?

Ces quelques mots eurent d'abord l'effet d'un électrochoc sur la trentaine d'élèves qui suivaient son cours. La seconde d'après, tous la bombardèrent de questions.

Doreen Gérard, qui ne s'intéressait qu'aux plaisirs de la plage, voulut savoir si la mer était chaude. Sa fidèle alliée, Monica la boulimique, réclama la liste des plats nationaux. Et Alex, du fond de la classe, s'informa du prix du voyage. Plus terre à terre que lui, il fallait vraiment être un concombre ou une patate!

Mme Lemerise pointa son index vers chacun de ses élèves et elle trompeta:

— Ah! l'argent! Parlons-en, parce que c'est vous qui allez le trouver!

Là-dessus, divers plans avaient été élaborés pour organiser une campagne de financement: soirée-bénéfice, défilé de mode, lave-auto, vente de chocolat et de livres de recettes... tout y passa dans le brouhaha le plus total.

Mme Lemerise imposa le silence.

— Bon, bon. J'aimerais que vous commenciez par un travail écrit. Faites des recherches sur la région que nous devrions aller découvrir. Je veux savoir ce qui vous motive à tenter l'aventure.

Mme Lemerise ajouta que le meilleur texte serait publié dans le journal du quartier dont son mari était rédacteur en chef. De plus, si elle dénichait un commanditaire, l'auteur choisi recevrait une bourse de cinq cents dollars.

La carotte qui venait d'apparaître au bout du bâton était plus que tentante et Maxime en fut tout de suite électrisée. Bien sûr, elle travaillait à l'occasion comme gardienne d'enfants, mais cela n'avait rien d'une loterie instantanée. D'autre part, ce n'était pas non plus avec son salaire d'infirmière que sa mère pourrait lui offrir ce voyage. C'était simple: elle devait gagner ce concours!

Selon son habitude, Maxime ne tarda pas à se mettre à la tâche. Après avoir écrémé la bibliothèque, elle décida de se concentrer sur la presqu'île du Yucatán, là où la civilisation maya s'était établie des milliers d'années avant l'arrivée de Christophe Colomb en Amérique. Elle prit des notes, les recopia par thèmes sur des fiches et, pour mettre toutes les chances de son côté, elle se choisit un surnom porte-bonheur: Maya33.

Maxime confia à Bazar que, malgré tous ses efforts, elle ne voyait pas comment articuler toute cette matière. Pour convaincre sa classe de faire un voyage sur un site archéologique, il lui fallait pondre un texte vraiment original.

— Quelque chose qui n'a encore jamais été écrit.

L'air pensif, Bazar décortiqua à son tour une pistache.

— Bien... Dans ce cas, ça vaudrait la peine d'aller faire un tour du côté des mondes disparus, déclara-t-il.

Bazar prit place devant l'ordinateur et, assise sur le bout de sa chaise, Maxime surveilla les opérations. C'était étrange de le voir, lui si vieux, devant cette panoplie d'instruments qui ouvraient toutes grandes les portes du futur. On aurait cru un dinosaure en train de s'amuser avec un jeu vidéo. Pourtant, Bazar était loin d'être une internouille. Il avait même été un des premiers à se brancher sur le réseau des réseaux où il possédait à présent son propre site.

— Regarde... dit-il à Maxime.

Au son des chants tapageurs diffusés par deux petits haut-parleurs, un paysage fabuleux qui semblait suspendu en plein ciel bleu apparut graduellement à l'écran. On y voyait une grande place aux couleurs de sable chaud à l'extrémité de laquelle s'élevait une pyramide étagée d'un rouge écarlate.

— Tiens, je vais faire mieux que ça, annonça Bazar.

Il cliqua sur une icône représentant une spirale. L'image s'anima et, comme par magie, Maxime eut l'impression de gravir une à une les marches qui menaient au sommet de la pyramide. Là-haut, elle découvrit le temple du Devin, ainsi que des iguanes pointant leur tête crêtée vers les rayons du soleil.

Souhaitant poursuivre son exploration à sa guise, Maxime agrippa rapidement la souris que Bazar retenait jalousement dans sa main et, profitant de la surprise de son vieux complice, elle cliqua au hasard dans l'image. Instantanément des pages et des pages d'information se déployèrent devant ses yeux.

On y racontait, notamment, que les pyramides mayas étaient composées d'énormes blocs de pierre. Toutefois, si chacun d'eux pesait des tonnes, ils s'imbriquaient les uns aux autres aussi facilement que dans un jeu de lego.

Si Maxime avait elle-même découvert l'Amérique, elle n'aurait pas été plus excitée. Il ne restait qu'à copier toutes ces précieuses informations et le tour était joué! Néanmoins, certains détails l'agaçaient.

— Ça ne tient pas debout! Comment les Mayas ont-ils fait pour transporter ces pierres à travers la jungle, là où il n'y a même pas de route?

Bazar reprit possession de sa souris et fit tomber la nuit sur l'image qui était apparue au début de leur visite virtuelle. Au son des gongs, un ciel étoilé s'installa du coup là où, auparavant, la lumière inondait le paysage.

— Ce que tu as appris jusqu'à maintenant constitue l'histoire connue des Mayas. Mais il faut aussi envisager la face cachée de la lune, dit mystérieusement Bazar.

— Quoi?

— Certains chercheurs prétendent que les Mayas connaissaient d'autres façons de se transporter. En s'élevant dans les airs, par exemple.

Maxime fut soufflée par cette information.

— Comment ça? Tu veux dire que les Mayas volaient?

Bazar ricana dans sa barbichette qu'il portait longue et pointue sur le bout du menton, puis il poursuivit:

— Juste pour le plaisir, imaginons un instant que les Mayas sont les descendants d'un peuple d'explorateurs venus visiter notre système solaire, il y a des centaines de milliers d'années. Certains prétendent même que ces voyageurs provenaient d'une autre galaxie. Tu me suis?

— Han, han, répondit Maxime qui ne savait pas trop où Bazar voulait en venir.

— Donc, ces visiteurs s'établissent temporairement sur la Terre et sur une autre planète de notre système solaire pour y faire de la prospection minière. Supposons que quelque chose, disons une catastrophe, les empêche de retourner chez eux. Que font-ils?

Maxime hésita. Bazar lui tendait régulièrement des arpents et des arpents de petits pièges.

— Ils sont forcés de continuer à faire du camping sur la Terre, mais ils téléphonent régulièrement chez eux, comme E.T.? risqua-t-elle timidement.

— Exact! Ils émettent des signaux à la mère patrie en espérant qu'un jour on vienne les rescaper. Et puisque c'est long, très long avant d'entrer en contact avec une planète située à des milliers d'années-lumière de la Terre, ils n'ont d'autre choix que d'attendre. Comme les prisonniers qui attendent leur libération, ils comptent les jours, les mois, les années, les millénaires...

D'un coup de talon, Bazar déplaça son fauteuil à roulettes vers une petite étagère qui contenait pêle-mêle des disquettes, des cassettes et tout un tas de paperasse. Il s'empara d'une vieille boîte de carton, l'ouvrit délicatement et, de sa main tremblante, il en retira un feuillet jauni qu'il présenta à Maxime.

Il s'agissait d'un article de journal daté du

30 avril 1965. Sur la photo qui l'illustrait, Maxime distingua une grosse pierre ronde couverte de signes incompréhensibles.

— C'est un calendrier, Maxime, un calendrier très précis qui relate des événements survenus à une époque où les êtres vivants de notre planète étaient à peine plus évolués que des poissons.

Maxime se perçut tout à coup telle une toute petite poussière flottant dans l'univers.

— Les Mayas ont peut-être séjourné ici bien avant les humains. Et si cela est vrai, ils ont donc connu le déluge, l'ère glaciaire, et ils ont possiblement assisté à la disparition des dinosaures. Pour survivre à toutes ces catastrophes, on pense qu'ils se sont installés à différents endroits du globe: d'abord en Antarctique à l'époque où il y avait là des palmiers, puis sur certains continents, dont l'Atlantide aujourd'hui disparue. Finalement, ils trouvèrent refuge sur les hauts plateaux d'Amérique centrale, tout en continuant à surveiller les astres.

Maxime considéra soudain Bazar avec stupeur. Personne ne l'avait encore entraînée aussi loin dans le temps et l'espace.

— C'est vrai?

— Ah! Certains croient qu'il s'agit d'une

légende, d'autres prétendent que c'est la vérité pure. Disons plutôt que c'est une hypothèse. Moi, en tout cas, je ne m'en priverai pas, parce qu'elle me fait rêver et... elle m'a aussi permis d'inventer l'histoire que je te racontais pour apaiser tes cauchemars d'enfant. Tu te souviens?

Oui, bien sûr, cette histoire étrange, Maxime la portait dans son coeur.

— Tu parles des aventures de Drrrit et Drrrit(e), s'exclama-t-elle, éberluée.

Maxime était sur le point de se perdre, mais Bazar qui la surveillait du coin de l'oeil la rattrapa juste à temps dans ses pensées.

— Eh bien! Pourquoi n'écris-tu pas la suite de leur histoire au pays des Mayas?

C'était presque trop. La question demeura sans réponse.

Heureusement, Mme Drolet glissa le bout de son nez dans l'entrebâillement de la porte et elle tendit à Maxime un contenant de plastique d'où se dégageaient des arômes irrésistibles.

— Ta mère a téléphoné pour dire qu'elle arrivera plus tôt que prévu, ce soir, et je viens d'essayer une nouvelle recette. C'est une salade de maïs et de saucisson épicé. Tu devrais aimer: c'est mexicain!

Maxime se leva d'un bond, attrapa Elvire et son vieux Bazar par le cou et les embrassa.

— Si je pouvais vous cloner, je suis certaine qu'il n'y aurait plus de malheur sur la Terre.

***

Curieusement, avant de s'endormir, Maxime ne songea pas aux révélations de Bazar, mais à sa conversation avec le dénommé Sacha. Elle se surprit à espérer que leur histoire se développe. Pourtant, elle hésitait.

Si elle se présentait au prochain rendez-vous, Sacha voudrait savoir, tout savoir. D'abord son nom. D'où elle venait. Seulement de la rue voisine ou de l'autre côté de la Terre? C'était inévitable, il lui demanderait aussi de se décrire physiquement. Et, dans ce cas, par où commencer?

Certainement pas en parlant de ses pieds! Maxime avait changé de taille de chaussures trois fois au cours de l'année et elle était terrorisée à l'idée de porter des «chaloupes».

En vérité, Maxime ne s'était encore jamais véritablement préoccupée de son apparence. Se transformant de jour en jour comme une mutante, elle préférait se camoufler dans des vêtements démesurément grands, ne sachant pas trop quoi faire de sa peau couleur de caramel. Comment pourrait-elle, en plus, choisir les mots et les qualificatifs qui définiraient les différentes parties de son corps?

Était-elle jolie? Oui, non, peut-être. Maxime n'était plus une enfant, mais, pour le moment, elle tentait tout simplement d'être elle-même. Plus tard, une fois traversée la forêt de l'adolescence, ressemblerait-elle à sa mère? C'était à espérer...

Grande? Non! Sa taille minuscule, Maxime la tenait, paraît-il, de la famille de son père.

Maxime avait-elle des cuisses et des fesses? Oui, bien sûr, mais un peu plus que les mannequins de douze ans qui étaient photographiés en morceaux de chair détachés pour vendre des parfums ou des jeans.

Ses seins? À peine plus ronds que des pommettes, ils étaient très pratiques pour la natation. Cependant, depuis que la célèbre Pamela apparaissait régulièrement à la télévision, la plupart des garçons, du génie à la brute, se pâmaient pour les poitrines volumineuses.

Que faire alors? Sa mère avait beau lui

répéter qu'elle était unique en son genre ou que ses beaux yeux noirs reflétaient sa beauté intérieure, ce n'était sûrement pas suffisant pour retenir l'attention de quelqu'un.

Maxime y pensa à deux fois et, s'efforçant de se voir sous un meilleur angle, elle décida qu'elle avait peut-être été jolie un jour, vers l'âge de quatre ans. De cet instant si éphémère, elle conservait d'ailleurs une photo et, si Sacha exigeait une image d'elle, elle pourrait lui présenter ce gros plan un peu flou.

— Non, ça ne marchera pas...

En fin de compte, Maxime conclut que sa chevelure, oui, sa longue chevelure noire constituait son plus bel atout. Après tout, elle ne passait pas de longues minutes à la brosser, tous les matins, sans raison.

Si elle pouvait faire parvenir une mèche de cheveux à Sacha...

Maxime jongla avec cette idée un peu saugrenue, mais l'abandonna aussitôt.

— C'est perdu d'avance et, de toute façon, je n'ai pas de temps à perdre.

Il ne restait en effet que quelques semaines avant la date de tombée du concours «Destination Mexique» et elle n'avait même pas choisi les mots magiques qui allaient commencer son texte.

«Il était une fois, il y a très, très, très long-temps... Drrrit et Drrrit(e) se retrouvèrent au pays des Mayas» se récita Maxime juste avant de s'endormir.

Chapitre 4

4 heures 44

4:44. Ce sont les trois chiffres rouges que William aperçut sur le cadran lumineux de son réveille-matin, en ouvrant subitement les yeux cette nuit-là.

Son cauchemar avait duré à peine trois secondes, soit l'équivalent d'un pet à l'échelle cosmique. Pourtant, il ne pouvait chasser les images atroces qui lui collaient toujours au cerveau.

La Terre, SA planète, venait d'exploser et lui-même, ou ce qu'il en restait, flottait dans l'univers, nageant au milieu d'une pluie de météorites brûlantes. William en tremblait encore si fort qu'il craignit de crever d'une crise cardiaque.

La quantité de chips à saveur de pizza qu'il avait engouffrée la veille avant de s'endormir y était assurément pour quelque chose. Mais enfin, à son âge, ne possédait-il pas un estomac galvanisé capable de digérer le pire?

— Si Maya33 s'était présentée au rendez-vous, tout ça ne serait jamais arrivé...

Le front couvert de sueur, William détortilla les draps qui le retenaient prisonnier au lit. Quand les battements de son coeur eurent un peu ralenti, il se dirigea machinalement vers son ordinateur. S'accrocher à la réalité, même virtuelle, fuir à toute vitesse sur l'autoroute électronique, destination n'importe où, c'était là sa seule porte de sortie.

William tapocha sur son clavier, il agita sa souris et, sans trop savoir comment ni pourquoi, il finit par aboutir sur un site inconnu. À l'écran, un panneau de signalisation, semblable à ceux qui poussent au bord des routes, lui annonça qu'il était chez un dénommé Drbal.

Cher VOUS que je ne verrai probablement jamais. Bienvenue et félicitations! Si vous êtes parvenu jusqu'ici, c'est que vous possédez une des qualités les plus appréciables chez les mammifères évolués de cette planète: la curiosité.

Par contre, si vous avez abouti ici par hasard, tant mieux. Non seulement j'aime le Hasard parce qu'il produit des miracles, mais jamais je ne trafiquerai les dés pour qu'on l'abolisse.

Bref, je suis heureux de vous accueillir sur mon site. Vous pourriez être ailleurs, au centre commercial, par exemple, en train de profiter des soldes de cette fin de semaine.

Je le sais pour l'avoir vu dans les dépliants qui encombrent ma boîte aux lettres: en ce moment, l'offre de trois paires de lunettes pour le prix d'une tient toujours. Mais, puisque vous êtes de ceux qui préférez voir les choses autrement...

Maintenant, coupez! comme on dit au cinéma. Cliquez ici et je vous garantis le rêve et le dépaysement.

Visuellement, le site ressemblait à un terrain de camping avec un vieil autobus scolaire stationné en permanence à l'orée d'un petit bois. Tout cela faisait un peu gougou gaga et William avait déjà vu mieux. Mais bon, s'il s'agissait de passer le temps, le décor lui importait peu. Décidant de tenter l'aventure, William cliqua deux fois et une nouvelle image se dévoila qui le transporta à bord du véhicule jaune décati.

Aménagé comme celui d'une roulotte, l'intérieur comprenait un mini-salon, une cuisinette, des rideaux fleuris aux fenêtres. Le propriétaire des lieux étant absent, William en profita pour y fouiner à sa guise. Il s'amusa à lire les nombreux messages qui étaient apposés un peu partout, soit sur des mini-babillards, sur la porte du frigo ou dans les armoires. Tous, ils spécifiaient la même chose: il était possible aux visiteurs de communiquer avec Drbal, en direct toutes les nuits, à partir de 4 heures 44.

William en était à se demander quel genre d'énergumène pouvait bien se cacher dans ce drôle de repaire lorsque, à l'écran, une image commença à se composer de bas en haut.

«De bas en haut? C'est impossible!» pensa-t-il.

William se frotta les yeux et il vit graduellement apparaître un corps assez standard. Toutefois, entre les épaules, en place et lieu d'une tête, le personnage en question possédait une cigarette bien droite qui fumait comme une cheminée.

Normalement, ce genre de détail aurait dû à coup sûr éloigner William. Totalement allergique aux fumeurs dont les fâcheuses habitudes lui semblaient tout à fait préhistoriques, il était sur le point de partir quand des mots se formèrent dans une bulle au-dessus de Drbal:

— Salut. Je t'attendais.

William sursauta. Que pouvait bien raconter ce personnage-cigarette? Sur son clavier, il tapa la question suivante:

— Quoi?

Un autre texte défila devant lui. Le dénommé Drbal y prétendait que, lorsque les chiffres 4, 4 et 4 apparaissaient sur un cadran, c'était le moment idéal pour syntoniser l'inattendu et le merveilleux.

Il ajouta également qu'il lui était lui-même arrivé d'entrer en contact avec des banques de données provenant de régions extérieures à notre univers. Selon lui, il était temps que la vraie révolution survienne et il avait souligné:

La révolution, pas celle qui fait couler le sang dans les rues, mais l'autre. Celle de l'esprit.

William fut intrigué. Drbal se prenait-il pour un guru? Voulait-il fonder une secte? Allait-il lui réclamer de l'argent, lui vendre une carte de membre ou l'inviter à une cérémonie d'initiation?

Ces élucubrations obscures piquèrent tout de même sa curiosité.

De toute façon, il n'avait pas la force de s'éclipser et de filer vers un autre site, comme il l'aurait fait en plein jour.

Là-dessus, l'image à l'écran s'anima: le bout incandescent de la tête-cigarette rougit et des volutes de fumée bleuâtres s'en échappèrent. Drbal interrogea William:

— Alors, qu'est-ce qui te trotte dans la tête, à cette heure-ci?

Ce fut plus fort que lui, William repensa à son rêve effroyable et il finit par écrire:

— J'ai peur que la planète explose. S'il fallait qu'un jour ça se produise, tout serait perdu.

Drbal parut saisi. En tout cas, il répondit après un certain délai:

— Bizarre... Veux-tu que je te raconte une histoire?

Et il entreprit illico de lui faire le récit des aventures de Drrrit et Drrrit(e), deux créatures vivant sur une planète aujourd'hui disparue de notre système solaire.

William n'apprécia pas:

— C'est quoi ça, une niaiserie pour enfants? Tu me prends pour qui, au juste?

Drbal était sans doute furieux. Il pompa sa tête-cigarette à quelques reprises, puis il cracha un torrent de mots qui sortirent tout croche de son clavier:

— Je ne sais pas qui tu es exactement,

mais j'ai l'impression que tu te prends pour un jeune branché tout-puissant. J'imagine que tu te pâmes pour ton nombril et les jeux interactifs... Si tu souhaites que je te compose une histoire avec les ingrédients de ton choix, eh bien! tu apprendras que je ne suis pas un fabricant de pizzas!

Personne ne s'était encore jamais adressé à lui sur ce ton, mais William ne se laissa pas impressionner. Plus rapide qu'un tireur d'élite de la police de Los Angeles, il dégaina une couple de phrases un peu faciles. Drbal rappliqua et il ne semblait vraiment pas de bon poil.

— Cette histoire-là, c'est la seule que je possède à mon répertoire. Je l'ai fabriquée sur mesure pour une personne qui croyait comme toi que la planète allait exploser. Chaque fois qu'elle faisait son fameux cauchemar, le même, exactement le même que le tien, je la calmais en lui inventant un nouvel épisode des aventures de Drrrit et Drrrit(e). Si tu m'écoutais juste un peu, peut-être que ça te ferait du bien aussi.

Normalement, leur communication aurait dû se terminer là. Cependant, Drbal poursuivit:

— Es-tu capable de nommer les planètes

de notre système solaire?

William ne voulut rien afficher à l'écran, encore moins la preuve de son ignorance. Drbal en profita pour se lancer à fond de train:

— En partant du Soleil, il y a Mercure, Vénus, notre Terre, Mars, Jupiter, Saturne, Uranus, Neptune, Pluton. Mais on pense que, des centaines de milliers d'années avant aujourd'hui, notre système solaire comptait une dixième planète: on l'appelle X ou Phaéton, si tu préfères.

Apparemment hors de lui, Drbal ajouta que, selon les calculs d'un astronome allemand ayant vécu à la fin du XVIIIe siècle, un nommé Bode, cette planète aurait été située entre Mars et Jupiter. C'est là où on avait, depuis, localisé la ceinture des astéroïdes que plusieurs croyaient être des fragments de la planète disparue. Il écrivit en toutes lettres, comme s'il s'agissait d'une garantie infaillible:

— Ces informations, je les ai lues en noir sur blanc dans un petit livre que j'ai acheté dans un marché aux puces.

William estima qu'il se faisait bourrer. Dans la vie comme sur Internet, la plupart des gens racontaient des mensonges. Lui-même pratiquait à l'occasion cette drôle de gymnastique mentale. Soit pour avoir la paix, soit pour se rendre intéressant ou pour ne pas faire de peine à Fléo. Toutefois, il laissa Drbal continuer, question de voir jusqu'où le menaient ses chimères.

— On croit que la planète X était en quelque sorte une jumelle de la Terre. Comparable en dimensions, elle possédait, elle aussi, un noyau en fusion composé de matières considérées comme précieuses par les explorateurs de l'espace. La planète X ainsi que la Terre leur servaient de bases de prospection. Malheureusement, il semble que leurs travaux aient finalement contribué à tout foutre en l'air... du moins sur X.

Drbal précisa qu'il était possible que ces créatures, d'une intelligence supérieure à la nôtre, proviennent d'une galaxie située à des milliers d'années-lumière de la Terre. Du tac au tac, il questionna William:

— Sais-tu à quelle vitesse la lumière file?

William fut encore une fois forcé de demeurer silencieux et Drbal lui expliqua qu'en une seule seconde la lumière franchissait trois cent mille kilomètres.

William réfléchit un instant. Ne souhaitant pas que son correspondant le prenne pour un taré, il se risqua à écrire ceci:

— J'ai compris. Une année-lumière, c'est 300 000 km, multiplié par 365 jours, multiplié par 24 heures, multiplié par 60 minutes et par 60 secondes.

William fit semblant de jouer le jeu et demanda à Drbal s'il sous-entendait que la Terre ait pu être peuplée par des extraterrestres.

— Peut-être...

C'était trop! N'ayant pas l'intention de se laisser conter des sottises, William tenta un coup en bas de la ceinture et déclara à Drbal que c'était scientifiquement impossible.

— Ce genre d'hypothèse, c'est bon pour de vieux débiles comme toi. Moi, j'ai des choses plus importantes à faire.

Drbal n'était décidément pas du genre à se faire ainsi rayer de la carte:

— Monsieur veut s'en aller. Pourquoi? Parce que tu n'aimes pas ce que je te dis? Tu crois que le monde se résume à ta petite personne? Penses-y! Dans notre galaxie seulement, on estime à 25 000 000 000 le nombre d'étoiles.

William ne savait même pas comment nommer le chiffre suivi de neuf zéros qui était apparu devant ses yeux. Absolument vertigineux...

— Tu me donnes mal à la tête...

Cette fois, Drbal ne réagit pas aussi vertement. Il sembla capituler.

— O.K. Fais ce que tu veux, mais moi, je ne te laisserai pas passer à côté.

— De quoi?

— De la vie... et du fait que tu possèdes un outil puissant sur tes épaules: ton cerveau. Entk, si jamais tu veux parler pour vrai, tu connais mon adresse. À bientôt, j'espère...

Drbal éteignit sa tête-cigarette et disparut de l'écran.

***

Le lendemain et plusieurs nuits encore, William se réveilla subitement à 4 heures 44 et il naviga en somnambule vers le lieu de son rendez-vous nocturne avec Drbal.

Ils ne reparlèrent plus de la planète X, mais grâce à leurs nombreuses conversations, William en apprit énormément au sujet de son correspondant. Ce n'était pas compliqué: Drbal adorait parler de lui.

Il raconta à William qu'il travaillait depuis trente ans comme chauffeur d'autobus scolaire et aussi qu'il profitait de ses étés pour rouler sur le continent nord-américain avec sa femme. De l'Alaska à Key West, en Floride, aucune route ne lui semblait inconnue.

D'ailleurs, chaque fois qu'il mentionnait le nom d'une ville qu'il prétendait avoir visitée, William saisissait en vitesse son globe terrestre pour suivre les déplacements de son correspondant. Vrais ou faux, les périples de Drbal ne tardèrent pas à lui faire l'effet d'une drogue indispensable.

Au fil des nuits, William s'attacha donc à ce personnage de cigarette un peu fou. Oui, cet homme, qui avait apparemment l'âge d'un grand-père, le fascinait. Peut-être, un jour, pourrait-il le rencontrer?

— Ah! Si tu me voyais dans la VR, tu penserais que je suis aussi vieux qu'une tortue des îles Galápagos. Pourtant, je n'ai jamais trouvé le temps long et j'espère bien continuer à vivre à fond de train avant de mourir, car il faudra bien que ça m'arrive à un moment donné, comme à tout le monde.

William avait lu cette phrase avec consternation. En pensant au jour où Drbal disparaîtrait, il en eut presque les larmes aux yeux. C'est cette nuit-là qu'il commença à se confier à son vieil ami. Presque malgré lui.

D'abord, il avoua à Drbal qu'il se sentait très différent des autres. La preuve: il ne désirait faire partie d'aucun gang ou se soumettre à la loi du plus fort. Il ne transportait pas de couteau et il lisait plus de trois pages par année. Bien sûr, à cause de cela, les autres l'appelaient «le neurone» pour le ridiculiser et William n'appréciait pas.

Côté physique, William ne se trouvait pas imparfait, mais rien ne convenait. Dieu merci, il ne faisait pas d'acné! Cependant, il n'aimait ni sa mâchoire ni son nez un peu trop «Cyrano» et, comble de malheur, il était encore affublé d'une voix suraiguë dont, évidemment, les autres se moquaient.

Au bout du compte, William se déclara insatisfait. Il ne pouvait plus supporter la façon dont son père le couvait et il détestait la banlieue où il habitait. C'était trop petit pour lui, et il rêvait de plus grand.

Après avoir pris connaissance de sa longue liste de plaintes, Drbal lui demanda:

— Qu'est-ce que tu veux, au juste?

À cette question capitale, William ne tarda pas à répondre:

— Seulement un voyage sur la Terre.

Une fois de plus, la tête-cigarette de Drbal se mit à se consumer et William comprit que son correspondant réfléchissait. Enfin, il écrivit:

— Va vers l'Ouest, jeune homme...

Prenant cette recommandation au pied de la lettre, William interrogea longuement Drbal. C'est ainsi qu'il apprit qu'il lui était possible de partir à l'aventure tout en gagnant des sous. En prime, Drbal lui refila un très bon tuyau: il connaissait des gens qui recrutaient des jeunes pour travailler au reboisement des forêts sur l'île de Vancouver.

— De toute façon, tu n'as pas le choix.

Curieux, mais tout de même suspicieux, William demanda ce que cela signifiait.

— Tu es condamné, mon cher W. Condamné à vivre les yeux, les oreilles, le nez et les bras grands ouverts. Et, surtout, à ne pas oublier.

— Quoi?

— La planète X, imbécile ;-).

Chapitre 5

L'interrogatoire

Ce jour-là, au retour de l'école, William découvrit son père dans une drôle de posture. Agenouillé sous la table où trônait le super-ordinateur de la maison, il branchait des fils, revenait au clavier, chatouillait sa souris tout en consultant sa «bible», un gros manuel de mille pages qui devait transformer n'importe qui en parfait utilisateur.

En fait, Fléo paraissait encore plus excité que sur cette photo de l'album familial où, enfant, il déballait son premier train électrique. De plus, la pièce qui lui servait de bureau était encombrée de boîtes vides et de gadgets aux odeurs de silicone.

William observa les lèvres de son père qui remuaient quasi toutes seules. Ce marmonnement si familier était sûrement un tic qu'il avait contracté à force de travailler en solitaire devant les écrans, petits et grands.

— Tu essaies encore de nouveaux trucs?

demanda-t-il pour vérifier si, par hasard, son père s'adressait à lui au lieu de poursuivre son éternelle conversation avec de quelconques intelligences artificielles.

Trop absorbé par ses savantes manoeuvres, François-Léo sembla l'ignorer. S'il avait décidé de s'amuser avec sa quincaillerie avant l'heure du repas, rien ni personne ne l'en ferait démordre.

Au bout d'une minute, il articula deux ou trois phrases à l'intention de William:

— C'est ce qu'il y a de plus récent. Il faut que je te montre. On va pouvoir communiquer en direct avec ma correspondante préférée. Et, en plus, elle aussi pourra nous voir. Excitant, non?

William, qui regardait par la fenêtre, n'entendit rien.

— William. Qu'est-ce qui t'arrive? Réponds, au moins, quand je te parle...

Fléo réprima un mouvement d'impatience. Décidément, depuis quelque temps, William n'était plus le même. Blanc comme un drap, il avait les yeux cernés et paraissait parfois aussi vieux que trois éléphants. Son bon appétit s'était évanoui et il lui arrivait de ne plus avoir envie de parler à son père ni de l'appeler Fléo. Le silence de son fils allait le tuer ou, pire, le faire vieillir.

Ne comprenant rien à tous ces changements, Fléo s'était résolu à consulter sa correspondante de la côte ouest américaine. Puisqu'elle travaillait à titre de thérapeute très spéciale dans une sorte de téléclinique holistique, elle pourrait sans doute l'aider. À l'insu de William, il l'avait donc priée d'examiner son fils.

Se préparant à exécuter son plan, Fléo installa un trépied à côté de sa table de travail. Il y ajusta la caméra vidéo qu'il coupla ensuite à l'ordinateur.

— Ça y est, Eureka! Eureka! s'exclamat-il en tapotant l'épaule de son fils adoré.

Fléo expliqua à William qu'Eureka était une petite ville du nord de la Californie où était situé le Centre TUTT, une clinique se spécialisant dans la téléconsultation.

— Viens par ici. J'ai besoin de toi.

— Une clinique? répéta William, tandis que son père le contraignait à prendre place devant l'écran.

Fléo se hâta d'ouvrir la porte massive, représentée graphiquement à l'écran. En synchro, un roulement de tambours suivi d'une sonnerie de trompettes résonnèrent dans les mini haut-parleurs de l'ordinateur.

Surpris par cette musique hollywoo-
dienne, William se glissa sur le bout de sa
chaise pour mieux surveiller ce qui allait
venir et Fléo se sentit encouragé.

Grâce à la magie de la retransmission par
satellite, William pénétra à l'intérieur d'un
bureau dont les murs étaient couverts de
volumes finement reliés. Au milieu de ce
décor pompeux, il remarqua une table ma-
jestueuse. Et, derrière ce meuble surprenant,
un cube translucide qui semblait composé de
jello aux fraises tellement il était rouge, une
femme souriait, aussi vraie qu'à la télé.

Fléo effectua un zoom-in sur sa correspondante. Sur un insigne, juste à hauteur de
poitrine, William put lire qu'il s'agissait de
Miz Alice Karoll.

— Tu vas voir. Elle est un peu excentrique, mais c'est ma *California girl*. On
vient tout juste de se brancher, ajouta Fléo,
l'air canaille.

William détestait autant les expressions
pleines de sous-entendus de son père que
le sourire crasse qui les soulignait d'un trait
de feutre fluorescent. Pourquoi Fléo ne
se contentait-il pas de jouer son rôle de
fournisseur haut de gamme au lieu de se
prendre pour Don Juan?

Bien sûr, Alice Karoll était jolie. De plus, grâce au décolleté de son chemisier vert douteux, William pouvait deviner que cette femme possédait une chair rebondie qui ne laissait sûrement pas Fléo indifférent. La peau rose bonbon, elle sentait même possiblement sucré. Malheureusement, les odeurs n'étaient pas encore disponibles sur l'inforoute.

— Bonjour, François-Léo! C'est magnifique de vous voir enfin en direct. Que puis-je faire pour vous?

Elle s'exprimait plutôt bien en français, une langue qu'elle avoua avoir apprise avec son troisième mari, et Fléo la complimenta.

— Votre accent est aussi séduisant que celui de l'actrice Jane Fonda. Est-ce qu'on vous a déjà dit que vous lui ressembliez?

Miz Karoll gratifia Fléo d'un sourire complice, puis elle se tourna vers William.

— Bon. Allons-y, dit-elle posément.

Suivant les instructions préétablies, Fléo déposa sur la table une sorte de main robotisée qui agrippa les poignets de William. Il braqua l'objectif de la caméra sur son fils. Ainsi, William serait vu, plein cadre, par Miz Karoll qui décréta justement que l'image était belle.

William se sentit comme une souris de laboratoire. De plus en plus nerveux, il inspira et expira profondément.

— Bonjour, William. Ne vous en faites pas, votre père souffre du syndrome de la mère poule. Je veux dire qu'il est très inquiet de ta santé. Voudriez-vous ouvrir la bouche et tirer la langue, s'il te plaît?

Cela lui sembla complètement ridicule, mais William s'exécuta.

— Qu'est-ce qui te réveille, la nuit? Des cauchemars?

William fut estomaqué. Son père le surveillait-il à son insu? La bouche ouverte comme un hippopotame, il fit signe que non. Il n'allait quand même pas livrer tous ses secrets d'un coup, sous prétexte d'une rencontre d'internautes ou d'un examen expérimental.

Miz Karoll marmonna quelque chose d'incompréhensible avant de demander, à voix haute et avec un naturel déconcertant:

— En général, tu te réveilles avec une érection?

William faillit fondre sur place! S'il avait pu, il aurait tout débranché sur-le-champ. De quel droit cette femme lui posait-elle des questions aussi intimes? Se trouvait-il en présence d'une obsédée?

Oui! Il se réveillait souvent avec des érections phénoménales et, la plupart du temps, il en profitait pour se caresser jusqu'à ce que la tension se relâche. Et non! ce n'était pas lui qui lavait les draps... Mais enfin, pourquoi faudrait-il qu'il raconte tout ça à une étrangère?

Miz Karoll ne se formalisa pas de son silence et elle exigea plutôt que son jeune patient fixe l'objectif de la caméra. Voulait-elle, en plus, lire dans ses pensées?

William tenta de se glisser au fond de sa chaise, mais, à l'écran, le visage de Miz Karoll se rapprocha du sien et il lui fut dorénavant impossible de se soustraire au regard inquisiteur de son interlocutrice.

— *Look at me...* dit-elle calmement.

À cet instant précis, William comprit qu'il ne pourrait échapper aux pouvoirs de cette sorcière californienne. Les beaux yeux bleu acier de Miz Karoll le retenaient prisonnier et son propre champ de vision se rétrécissait.

Envahi par une sensation étrange, William s'efforça une dernière fois de résister à son magnétisme. Peine perdue. N'ayant plus la force de penser, il éprouva un long frisson et perdit tout contact avec la réalité. Glissant dans une sorte de long tunnel roulant sur lui-même comme un kaléidoscope, il bascula dans une autre dimension.

Perdu dans l'espace, William flottait à des milliers de kilomètres au-dessus de la Terre. À cette distance, la planète lui paraissait semblable à une minuscule balle de caoutchouc bleue avec des continents verts.

Au début, le spectacle fut joli et apaisant. De sa position quasi stationnaire, William pouvait admirer la longue chaîne de montagnes qui court sur la côte ouest du continent américain, de l'Alaska au Mexique. Subitement, et pour des raisons que seuls l'enchevêtrement et les multiples connexions des neurones peuvent justifier, William fut saisi par une crainte qui résonnait en lui tel un solo de batterie démoniaque.

Les montagnes, qui ressemblaient maintenant aux vertèbres dénudées d'un quelconque animal préhistorique, se mirent à onduler. La planète entière trembla, se gonfla comme si elle avait le coeur gros, puis elle explosa, libérant un souffle puissant.

William fut noyé dans un flot de lumière blanche. Soudain, une fille au crâne chauve apparut à ses côtés. Étrangement belle, elle le regardait tout en lui adressant la parole dans une langue bizarre que William comprenait. À sa manière, elle disait:

— N'aie pas peur. Toi et moi, on va se retrouver un jour... et, cette fois, nous sauverons la planète.

William comprit alors qu'ils allaient tous les deux mourir et il en ressentit une peine immense. Ce fut plus fort que lui, il hurla:

— Drrrit(e)! Nooooon, reste avec moi! Etser, etser...

William éclata en sanglots.

Lorsqu'il revint à la réalité, quelques secondes plus tard, il aperçut Fléo, penché sur lui, une boîte de kleenex à la main.

— Te sens-tu mieux? Qu'est-ce que tu as?

— Drrrit(e)... répéta William.

Fléo épongea la sueur et les larmes qui noyaient le visage de son fils, mais William était ailleurs. Le cauchemar qu'il avait tant voulu effacer de sa mémoire était revenu le hanter. Aujourd'hui, cependant, il en avait vécu un nouvel épisode. Qui était cette fille aux yeux noirs qui lui promettait de sauver le monde?

— Je vois, je vois... dit Miz Karoll.

Fléo lui adressa la parole, la voix étranglée par l'émotion.

— Est-ce que mon fils fait une dépres-

sion? Allez-vous lui prescrire des somni-
fères? Ou du Ritalin?

Docteur Karoll tourna le dos à l'écran et
elle griffonna des notes sur une feuille de
papier. Transcrivait-elle une de ces formules
magiques dont seules quelques femmes aver-
ties ont le secret? Revenant vers Fléo, elle fit
le commentaire suivant:

— William vient de faire un plongeon
dans l'inconscient collectif. Ce genre d'expérience n'arrive qu'à très peu de personnes,
mais je crois que cela peut lui être bénéfique.

— De quoi parlez-vous, au juste? répliqua Fléo.

— Il n'y a rien de plus fondamental chez
l'être humain que de comprendre qui il est,
d'où il vient et ce qu'il fait sur la Terre...
Disons que l'inconscient collectif est une
sorte de grande marmite où mijotent toutes
les légendes expliquant les origines du
monde, ajouta-t-elle d'un ton énigmatique.

À William elle demanda:

— Dites-moi, as-tu perdu quelque chose
ou quelqu'un? Avez-vous une peine d'amour?

— Mon fils est bien trop jeune pour cela,
précisa Fléo.

— Cher François-Léo, votre fils ne va
quand même pas passer toute sa vie en

enfance pour vous faire plaisir...

Fléo eut l'air penaud. William jubilait.

— Allez. Organisez-vous pour le débrancher et lui faire pratiquer une activité physique quelconque et, d'après moi, ça ira mieux. Sinon, revenez me consulter. Ça me fera plaisir de poursuivre l'expérimentation.

Ce soir-là, comme prescrit, Fléo entraîna d'abord son fils au club de tennis. William joua sans conviction et son père, qui possédait un revers du tonnerre, réussit facilement à le battre 6-2 et 6-3.

Après quoi, ils regardèrent un mauvais film de science-fiction et, vers minuit, papa Fléo s'endormit, le sourire aux lèvres. Son fils ne souffrait de rien de particulier. C'était seulement l'adolescence qui se pointait dans son existence, lui avait expliqué Miz Karoll.

Pour sa part, à 4 heures 44, William circulait à nouveau sur l'autoroute électronique. Si la *California girl* disait vrai, ce rêve atroce constituait une sorte de message codé. Cette fois, c'est William qui voulait en apprendre plus long sur l'histoire de Drrrit et Drrrit(e).

— Je dormirai quand je serai vieux, c'est tout!

Chapitre 6

L'hôtel Chatte

Le souffle coupé, le visage couvert de larmes, Maxime allait mourir de chagrin. Elle rageait, voulait tout foutre en l'air et, en même temps, elle se sentait profondément perdue.

Levant les bras vers le ciel qui apparaissait en bleu nuit constellé d'étoiles blanches sur le plafond de sa chambre, elle gémit:

— Au secours.

La journée avait pourtant démarré en beauté. Maxime avait remporté le concours «Destination Mexique»! Poignées de main, petits bisous sur les joues, remise du précieux chèque de 500 $, tout avait été soigneusement orchestré par Mme Lemerise. Pour souligner l'événement avec éclat, des photos avaient été prises pour le journal du quartier où bientôt le texte de Maxime, intitulé *Le mystère maya*, serait publié.

Mais, comme dit le sacré proverbe, toute

bonne chose a une fin. Sitôt la cérémonie terminée, Maxime avait senti qu'un danger la guettait. Et son intuition ne l'avait pas trompée: à la sortie de l'école, Doreen Gérard l'attendait.

Il était probablement 4 heures 44 et le temps allait bientôt virer à la pluie. Doreen et sa bande de costaudes formèrent une grappe serrée autour de Maxime. Elles commencèrent à lui japper des injures. Celles qui l'appelaient Maxie pour se moquer de sa taille miniature ne ratèrent pas l'occasion de la rapetisser encore davantage.

— Les filles, savez-vous pourquoi Maxie a gagné? cria Doreen, avec l'entrain d'une animatrice de terrain de jeux.

— Nooon, clamèrent en chœur les douze filles qui lui obéissaient comme à une générale.

— Parce que Maxie absorbe tout, c'est une serviette hygiénique! annonça-t-elle, triomphante.

Maxime était maintenant acculée au mur de béton qui fermait la cour arrière de l'école et elle était affolée.

— Qu'est-ce qui vous prend? Êtes-vous folles? avait-elle hurlé.

Doreen s'approcha d'elle avec le sourire

grimaçant de celle qui vient d'avaler une gorgée de vinaigre et, dans ses yeux, Maxime vit toute la méchanceté du monde. Il n'y avait aucun doute, cette fille souffrait de la maladie de la vache folle!

Doreen fit signe à sa fidèle complice, Monica Létourdy, de lui passer son arme: une paire de ciseaux aux lames bien affûtées.

Pressentant que Doreen s'apprêtait à accomplir un acte démoniaque, Maxime tenta de s'enfuir. Trop tard! Monica lui attrapa les jambes. Une autre lui coinça les bras. Une main la saisit à la gorge.

— Notre petite Maxie se prend pour une extraterrestre. Mais il y a un problème: E.T. n'a pas de cheveux... déclara Doreen.

Elle fit cliqueter ses ciseaux tout en ricanant comme une débile, agrippa la belle crinière de Maxime et coupa une première mèche de cheveux, puis une autre et une autre.

Chaque fois qu'une mèche tombait sur l'asphalte, Doreen et sa bande humiliaient davantage Maxime.

Le directeur de l'école avait raison: elle n'entretenait pas assez ses relations personnelles.

Étendue sur son lit, submergée par une sensation effroyable d'isolement et de solitude, Maxime passa sa main dans ses cheveux ou ce qu'il en restait. Son crâne était aussi dénudé qu'une montagne victime de coupe à blanc.

Ne sachant plus quoi faire pour s'empêcher de revoir le film de cette pénible scène d'horreur, Maxime saisit son ourson en peluche et fixa son unique oeil de plastique.

— Écoute-moi bien, Nounours. Les êtres humains sont des bébites atroces! Si la vie est aussi bête et méchante que ça, j'aime autant devenir un fantôme et vivre à jamais dans le cyberespace.

Maxime avait besoin de parler à quelqu'un. N'importe qui. Mais son vieux toutou n'était pas des plus bavards.

Le serrant très fort contre son coeur, elle embrassa le bout de son museau usé et elle le déposa sur son lit. Ensuite, elle essuya ses larmes. Elle n'allait pas demeurer ainsi paralysée. Ça ne servait à rien.

— Sacha... se surprit-elle à murmurer.

S'il y avait sur cette planète bleue un seul être humain avec qui elle voulait communiquer pour vrai, c'était bien lui. Comment pourrait-elle le retrouver? Se tenait-il toujours à l'hôtel Chatte, le lieu du rendez-vous raté?

Maxime n'avait plus rien à perdre, ni cheveux ni temps. Et, puisqu'elle ne pouvait profiter de l'hospitalité des Drolet qui faisaient une sieste à cette heure-là, elle irait dans un café électronique.

S'enfonçant une casquette sur la tête, elle sortit de la maison comme un seul homme. Dans le miroir où elle avait évité de se regarder, on ne voyait plus que les lettres inversées d'un message collé sur la porte de sa chambre:

ÉVIRP
ESNEFÉD
RERTNE'D

***

«Tu aimes les ambiances *dark*? Le style pré-fin du monde? La musique *Mean street*? Bienvenue au nouveau site amélioré de l'hôtel Chatte.»

Quand elle parvint au site de l'hôtel Chatte, c'est ce que Maxime entendit dans les haut-parleurs ultrasophistiqués du terminal devant lequel elle avait pris place.

«Allez! Appuie sur la touche de commande et tu verras...» ajouta la voix d'outre-tombe.

Impressionnée, presque intimidée, Maxime suivit les indications de ce drôle de portier invisible et elle se dirigea vers le vestiaire virtuel, une sorte de cybergarde-robe qui offrait toutes sortes de déguisements graphiques aux visiteurs.

Après avoir considéré une foule de possibilités, elle opta pour un costume qui la transformerait en astronaute. Elle se souvenait d'ailleurs que c'était ainsi que Sacha s'était présenté à elle lors de leur première rencontre.

Tant qu'à y être, elle décida également de se faire passer pour un garçon. Elle s'appellerait Max, tout simplement. De cette façon, elle pourrait circuler en toute tranquillité et, si Sacha la fuyait, elle pourrait quand même entreprendre une conversation avec lui... et peut-être s'excuser.

Oui! cette idée lui chatouillait l'ego, mais Maxime admettrait qu'elle avait eu tort de ne pas aller au premier rendez-vous.

Comment reconnaîtrait-elle Sacha? Et si lui aussi décidait de se travestir...

Maxime cliqua sur l'icône qui lui permettait d'entrer dans le hall de cet hôtel immatériel et tout de suite un internaute s'adressa à elle.

À l'écran, le dénommé X ressemblait à un membre d'une tribu indienne. Vêtu uniquement d'une sorte de pagne, il était tatoué de la tête aux pieds.

— Salut, Max. C'est ta première visite ici?

Dans ce milieu d'initiés, il valait mieux jouer la carte de l'innocence. Maxime répondit oui, et son correspondant lui proposa illico de lui faire visiter les lieux tout en lui indiquant comment procéder sur le clavier de l'ordinateur.

Tandis qu'ils se dirigeaient vers l'ascenseur virtuel, il lui demanda ce qu'elle cherchait et Maxime lui confia qu'elle venait rencontrer quelqu'un. X répliqua immédiatement:

— Je te comprends. Moi, la solitude, je ne suis pas capable non plus.

Ne souhaitant surtout pas que X se méprenne sur ses intentions, Maxime crut bon de préciser qu'elle tentait de retrouver un ami:

— J'ai besoin de lui parler. La dernière fois, il s'appelait Sacha.

Le tatoué fit alors un commentaire qui encouragea Maxime:

— Ah! oui... Il vient souvent ici.

«Qui se cache derrière ce personnage? Et

si je mens, est-ce qu'il ment aussi?» s'interrogea Maxime.

Malgré tout, elle risqua une autre question:

— Sais-tu où il est?

La bulle qui était suspendue tel un nuage au-dessus de la tête de X se remplit de mots. Il y décrivait Sacha comme s'il le connaissait par coeur et Maxime en conclut que son correspondant était certainement un de ses bons copains.

— Sacha est un cas spécial... Qu'est-ce que tu lui trouves, au juste? demanda-t-il.

Maxime brûlait de dire la vérité, toute la vérité. Par contre, sachant qu'elle devait éviter de révéler sa véritable nature, elle s'efforça de penser et de parler en garçon futé:

— J'échange des informations sur les ORAMNP avec lui.

X la pria de préciser et Maxime se débrouilla pour concocter une réponse crédible:

— Les Objets Roulants Avec Moteurs Non Polluants... Les électriques ou ceux qui fonctionnent à l'énergie solaire, Sacha aime beaucoup. Ça et le spaghetti au beurre et au fromage.

— On peut dire que tu le connais vraiment bien... écrivit X.

Maxime hésita une seconde et prétendit qu'elle avait malheureusement perdu contact avec Sacha:

— J'ai été très malade. Une sorte de fièvre atroce qui m'a fait perdre tous mes cheveux. Ce n'est pas grave. Maintenant, je suis guérie.

Constatant qu'elle avait écrit «guéri» avec un E, Maxime eut peur de s'être trahie. Mais X n'avait apparemment rien remarqué et, de toute manière, c'est lui qui s'empressa de lui donner des nouvelles de Sacha.

Il lui confia que son «meilleur ami» avait beaucoup changé. En fait, ces jours-ci, il était particulièrement obsédé par l'idée de retrouver une fille très spéciale.

— Il ne pense qu'à ça et, je te jure, quand Sacha veut quelque chose, il est aussi têtu que son Fléo!

Maxime sentit un pincement de jalousie en apprenant que Sacha s'intéressait peut-être à quelqu'un d'autre. Elle était également intriguée par ce Fléo. Ils quittèrent l'ascenseur et X se hâta de faire signe à ses amis Fakir, Einstein et Suicide.

— Salut, les gars. Je vous présente Max.

Maxime se souvint de sa fameuse rencontre avec ce trio infernal et elle redoubla de prudence. Quelles que soient les niaiseries qu'ils puissent raconter, elle devrait garder la tête froide... Ce n'était vraiment pas le moment de se faire démasquer.

Fidèle à sa réputation, Einstein prit les devants et les invita tous à se diriger vers la chambre rose, une pièce virtuelle où, disait-il, ils pourraient vivre une aventure très particulière.

— Moi, je suis prêt à n'importe quoi. De toute façon, je vais mourir :-), répliqua Suicide avec sa binette blagueuse.

Ces mots pleins de sous-entendus éveillèrent les soupçons de Maxime, mais elle décida de jouer le jeu et accepta la curieuse proposition.

Dès qu'ils furent dans la pièce en question, un rythme de fin du monde les fit tous sursauter: poumf, poumf, poumf, poumf, poumf, poumf, poumf, poumf...

Se hâtant de baisser le volume de son moniteur, Maxime surveilla le défilé des mots et des personnages qui zébraient son écran. Elle cherchait désespérément Sacha, mais il n'y était pas.

Devant ses yeux apparut plutôt une sorte de clone de la célèbre Pamela, celle qui était devenue l'idole des garçons à cause de sa poitrine phénoménale. Cette blonde aux yeux bleus portait des vêtements moulants très révélateurs et Fakir décida de commencer le strip-tease:

— Je me demande si elle porte des sous-vêtements. Tiens, je lui enlève sa robe...

L'oeil électronique glissa de haut en bas sur cette simili-Pam et l'écran lui-même parut saisi d'une sorte de frisson. Uniquement vêtue de fine lingerie, la fille fit un clin d'oeil, invitant les visiteurs-voyeurs à partager ses fantasmes... tout en continuant de la dévêtir.

L'écran demeura vide un instant, puis Suicide exprima clairement ses envies:

— Kûûûl! Moi, je commence par le haut.

Une fois de plus, l'image fut soumise à un balayage d'électrons qui fit se volatiliser le soutien-gorge de Pam tout en dévoilant graduellement sa poitrine. Maxime regarda les seins aux dimensions surnaturelles avant de détourner les yeux.

Einstein, lui, était sûrement en transe...

— Imaginez ce qu'on va voir quand sa petite culotte va disparaître. Toi, Max, qu'est-ce que tu en penses? Tu passes aux actes, oui ou non?

Maxime était coincée. Que devait-elle

faire? Elle prit une grande respiration.

— Non, merci.

Einstein rappliqua:

— Relaxe, Max. Il n'y a rien de mal là-dedans. As-tu besoin de conseils pratiques?

Maxime s'était-elle mise les pieds dans les plats? En tout cas, elle n'était plus à l'aise dans son personnage masculin. C'en était trop. Cédant à sa véritable nature, elle écrivit:

— LAISSE-MOI DONC TRANQUILLE, ESPÈCE DE PEPINO. MOI, J'EN AI ASSEZ. SALUT.

Elle disparut en vitesse de leur écran et de leur vie.

Toujours aussi seule devant l'ordinateur, Maxime souffla comme une coureuse qui vient de compléter un marathon. Elle aurait souhaité rejoindre son vieux Balthazar sur le site de sa roulotte imaginaire, mais, à cette heure-là, il n'y était pas.

Elle se déplaça au hasard et trouva refuge dans les toilettes de l'hôtel Chatte. L'endroit semblait déserté par les internautes et Maxime espéra pouvoir s'y accorder un peu de répit. Zut! Les murs virtuels étaient couverts de dessins et de messages d'une crudité à rendre jalouse une carotte.

— Ah non! pas encore...

C'est alors qu'elle vit des lettres s'aligner devant ses yeux:

— X s'appelle maintenant Sacha.

Maxime fut sidérée, presque insultée de s'être ainsi fait berner comme une débutante. Dans ces conditions, elle n'était plus certaine d'être heureuse de retrouver Sacha. Cependant, il ne lui laissa pas le temps d'y réfléchir:

— Salut, Maya33! Ça ne va pas, espèce de pepino? ;-)

Maxime considéra avec soulagement la binette clin d'oeil que lui offrait Sacha, mais elle tint quand même à lui signifier son mécontentement:

— Ça va 0 sur 10. Toutes vos histoires me dégoûtent.

Sacha ne se laissa pas heurter par sa réponse et il tenta de l'amadouer en lui racontant une de ses mésaventures d'internaute:

— Je te comprends... Moi, un de mes correspondants, un vieux cochon, voulait que je lui parle de mon zizi. J'ai arrêté la conversation en plein milieu d'une phrase. J'ai même éteint le modem, l'ordi, la lumière, et je suis sorti de ma chambre en claquant la porte.

Enfin, il osa lui demander pourquoi elle

ne s'était pas présentée à leur rendez-vous.

— Les garçons se prennent toujours pour d'autres... Raison de plus de se méfier de ceux qui sont beaux.

William fut flatté. C'était bien la première fois qu'une fille le complimentait de cette manière sans l'avoir jamais vu!

— Et aujourd'hui, pourquoi as-tu décidé de te déguiser en garçon?

La réponse prit quelques secondes avant d'apparaître sur l'écran de William.

Maya33 lui avoua que ce n'était pas toujours facile d'être une fille, même lorsqu'il s'agissait de rouler sur une autoroute qui n'existait que dans la tête des gens.

William n'était pas tout à fait de son avis, mais il se retint d'exprimer son opinion. Il laissa leur conversation se poursuivre délicatement, sur la pointe des pieds, au fil des mots. Puis le jeu des questions-réponses s'épuisa et William-Sacha proposa à Maya33 de lui raconter une histoire.

— Au début, il y a deux personnages, disons un gars et une fille. Ils vivent sur une planète où les jeunes n'ont pas le droit de faire l'amour...

Maxime fut intriguée. Et ce que Sacha lui écrivit eut le bonheur de lui plaire. Cela sonnait comme un refrain plutôt familier.

— Ils ont l'air de quoi, tes personnages?

— Ils sont un peu semblables à nous, sur la Terre. Sauf qu'ils n'ont pas de cheveux sur la tête.

Maxime en eut presque les larmes aux yeux. Elle rabaissa la visière de sa casquette sur sa chevelure décimée.

— Ce n'est pas drôle, pas du tout.

William ne souhaitait surtout pas se mettre les pieds dans les plats et il poursuivit son récit sans attendre. S'abandonnant aux joies du clavier, il tapa des mots et des mots qui semblaient lui sortir tout seuls des doigts. Si elle avait pu le lire, Miz Karoll aurait inévitablement dit que William venait de replonger dans la grande marmite de l'inconscient collectif.

Bref, William inventa toute une histoire qui s'inspirait de ce que Drbal lui avait transmis. Il la transforma, en rajouta, et ce fut ainsi qu'il pondit, à son insu, le premier chapitre d'un roman intergalactique.

Quand il mit un point final à son récit, il pressentit qu'il avait réussi à faire craquer Maxime.

— C'est beau, mais pourquoi me racontes-tu ça? demanda-t-elle.

— Pour te faire plaisir et parce que je sais que l'amour est la drogue la plus forte du monde.

William avait lu quelque part, sur son écran d'ordinateur ou ailleurs, que l'amour constituait une sorte de cocktail Molotov composé d'amphétamines, de phényléthylamine, de dopamine et de norépinéphrine. Trop heureux d'exposer sa science, sans compter qu'il avait retenu des mots à l'orthographe compliquée, il transmit toutes ces informations à Maya33.

— Une personne amoureuse est totalement déréglée chimiquement. Elle devient euphorique, flotte sur un nuage et expérimente une forme de malaise. Non! En fait, elle se sent trop bien... ce qui n'est pas normal.

Maxime ne voyait plus où Sacha voulait en venir et elle interrompit son discours:

— Toi, sais-tu vraiment ce que c'est, l'amour?

— Oui. Quand j'ai arrêté de voir tes mots et tes fameuses majuscules, j'ai souffert d'insomnie et je suis presque devenu fou.

Maxime n'en croyait pas ses yeux. Ce garçon qu'elle avait rencontré dans le cyberespace, au «royaume des esprits flottants», comme disait Bazar, était en train de lui faire une déclaration d'amour virtuel. Peut-être, un jour, pourrait-elle le rencontrer en chair et en os...

— Comment t'appelles-tu dans la VR?

— William. Toi?

— Maxime.

Chapitre 7

Salon de torture

Cet instant magique où l'avion quitterait la piste en direction de Vancouver était à la fois si proche et si lointain que William en éprouvait presque de la fièvre.

— Demain, se dit-il pour se donner du courage.

Oui, le lendemain, William tentait enfin l'aventure de sa vie. Mais, pour le moment, il venait de mettre les pieds dans le vestibule du studio de coiffure Sublime et son supplice ne faisait que commencer.

— C'est aujourd'hui que ça se passe. Une coupe normale pour moi et, pour mon fils... on verra quand il aura décidé de son nouveau look! avait annoncé Fléo à la réceptionniste.

Exubérante comme toujours, Sonia, la propriétaire, vint les accueillir avec son grand sourire et son décolleté non moins généreux. Selon son habitude, elle salua Fléo en l'appelant «son grand», lui planta trois baisers sonores sur les joues et fit quelques blagues de circonstance. C'était déjà trop et, pourtant, quand elle aperçut William, elle ne put s'empêcher de déborder.

Stupéfaite, l'air presque défait, Sonia se mit subito à piailler telle une oiselle qui ne reconnaît plus sa couvée. Ne pouvant plus trouver les mots qui convenaient, elle s'exprimait uniquement par onomatopées. William n'aurait eu qu'à lui tracer une bulle au-dessus de la tête pour compléter le tableau et en faire un vrai personnage de bande dessinée ambulant.

— Aïe! As-tu pris des stéroïdes? avait-elle fini par articuler.

Non! William n'avait pas consommé d'anabolisants pour se gonfler la «carrosserie», comme certains de ses amis prétendaient le faire. Par contre, au cours des trois derniers mois, il avait beaucoup changé.

Lors de sa dernière visite au salon, au début du printemps, il arrivait à peine à la hauteur des épaules de son père. À présent, il était tellement grand qu'il marchait avec le même penchant dangereux que la tour de Pise.

De plus, il pouvait enfin se réjouir d'avoir l'ombre d'une moustachette brune et, surtout, surtout, d'entendre sa voix qui, enfin, s'était résolue à piquer dans le grave.

Avec une fierté non dissimulée, Fléo posa sa main sur la tête de son fils adoré tout en lui ébouriffant les cheveux. Mais ce geste, qui se voulait affectueux, eut pour effet d'agacer William au plus haut point.

— Ah! laisse-moi! marmonna-t-il, en s'éloignant légèrement de son père.

Toujours aussi bavard, François-Léo en rajouta, tout en faisant semblant de se plaindre.

— Moi-même, je n'en reviens pas. C'est sérieux! Ça lui a pris du temps, mais mon fils est en train de devenir un homme. Tiens, l'autre matin, je le vois sortir de la douche... Des poils, tu en as combien à présent, 43 ou 44?

— Fléo... maugréa William.

Le salon était tellement bondé de clientes qu'il en avait des allures de harem. William regarda autour de lui et il lui sembla que tout ce beau monde était suspendu aux lèvres de son père.

Bien sûr, c'était vrai qu'une couronne de petits poils un peu follets apparaissait maintenant à la base de son pénis. Oui! il en avait compté 44 en tout... C'était vrai également qu'il les avait fièrement exhibés à son père. Mais enfin, tout cela se passait à la maison et non dans un lieu qui ressemblait de plus en plus à un salon de torture.

Sonia ne tripotait pas la tête des Bienvenue depuis des années sans avoir une idée de ce qui se tramait sous leur cuir chevelu. Pressentant que la situation était à deux cheveux de se détériorer, elle les attrapa par le bras et les entraîna dans son salon nouvellement redécoré.

Au passage, elle leur fit remarquer, à gauche, les séchoirs chromés tout neufs, à droite, les poignées de porte argentées et, au-dessus de leur tête, les lustres en faux cristal.

— C'est à la mode du jour: le style néo-hyper-décadent, annonça-t-elle fièrement.

William fut loin d'être impressionné. D'ailleurs, si on l'avait consulté, il aurait eu des idées autrement plus géniales, mais il épargna Sonia. Avec tout l'argent qu'elle venait de dépenser, il n'allait quand même pas lui déclarer que son nouveau décor était déjà complètement dépassé.

Sonia les installa côte à côte dans deux fauteuils de cuir grassement rembourrés. William se retrouva face à une rangée de longs miroirs ovales plantés sur des tiges de métal torsadées. On aurait dit d'étranges plantes sous-marines datant d'avant l'Antiquité.

Glissant délicatement ses longs doigts effilés dans la chevelure de Fléo, Sonia souleva quelques mèches et les soumit à l'inspection.

— Oh là là!... C'est ta compagnie d'électronique... ou ta dernière blonde qui te tracasse?

Fléo la dévisagea, l'air inquiet.

— Des cheveux blancs?

Sonia lui fit un sourire coquin:

— Ne t'en fais pas. J'ai ma technique. Le camouflage au pinceau, il n'y a rien de mieux pour sauver les apparences.

Décrivant avec minutie les étapes de cette opération sophistiquée, Sonia fit bien comprendre à Fléo comment elle procéderait et elle lui assura que le résultat paraîtrait 100 % naturel. Enfin, pour le convaincre d'acheter sa salade capillaire, elle lui tendit la photo d'un acteur célèbre.

— Tu vois, je refais ta couleur de base, mais je laisse quelques cheveux gris. Pas beaucoup. Disons l'équivalent de 43 ou 44, précisa-t-elle en gratifiant William d'un clin d'oeil.

William soupira. Parfois, les adultes, même les plus coopératifs, le décourageaient totalement.

Pour passer le temps qui serait sans doute

long, il pigea au hasard une des revues de mode qui traînaient à ses côtés. Il ne s'intéressait pas tant que ça aux nouvelles tendances vestimentaires, mais il était incapable de résister aux belles photos.

Plongeant avec délices dans cet univers de rêve, il en profita pour étudier l'anatomie des plus belles déesses de la planète. Et, par bonheur, cette saison-là, les designers recommandaient aux femmes de vivre à moitié nues ou presque.

D'une page à l'autre, un mamelon pointait sous une camisole ou une cuisse fuselée émergeait d'un short: sur le papier glacé, le moindre atome de chair devenait alléchant.

Mine de rien, et pendant que Sonia butinait autour de son père, William feuilleta également la section qui était consacrée à la mode masculine. Entre autres, on y suggérait aux hommes audacieux de porter des pantalons transparents et des souliers en cuir verni.

C'était vraiment trop tarte pour être suivi à la lettre, pourtant William s'attarda à examiner d'assez près les mannequins masculins. Pouvait-il espérer être aimé ailleurs que sur Internet, s'il était différent de ces Adonis aux mentons à demi rasés? Sinon, devait-il se jeter tête première dans le camion à déchets lors de la prochaine collecte?

Toutes ces questions lui paraissant infiniment angoissantes, William referma la revue. Et soudain, surprise, surprise, il sentit qu'il n'était plus seul dans cette galère d'adultes ennuyeux.

Dans un coin du salon où Sonia avait installé un comptoir à café, une fille le dévisageait et semblait attendre, comme lui, que quelque chose se passe.

William fut immédiatement magnétisé par ses yeux qui brillaient tel un météore traversant l'atmosphère terrestre. Cette sensation lui parut même encore plus intense que celle qu'il avait connue lors de sa séance particulière avec Miz Karoll.

Qui était-elle?

Le crâne recouvert d'un petit halo de cheveux noirs, cette fille appartenait sans aucun doute à la catégorie des bizarroïdes. En tout cas, elle ne ressemblait en rien aux étudiantes qui fréquentaient l'école privée de William. Cependant, elle était impressionnante...

Tout en balayant le plancher, elle s'approcha de lui et William sentit un courant étrange, presque électrique, circuler entre eux. Sans échanger la moindre parole, ils semblaient déjà communiquer. Des femmes, il en existait des milliards sur le globe. Pourquoi celle-là lui faisait-elle tant d'effet?

Sonia, qui en était à appliquer une mixture puante sur la chevelure de Fléo, profita du jeu des miroirs pour lancer un coup d'oeil furtif à William.

Sonia le coiffait depuis qu'il était enfant: elle le connaissait sûrement par coeur! Plus jeune, William avait même déjà cru que sa coiffeuse était en mesure de lire ses pensées lorsqu'elle écartait la racine de ses cheveux avec son peigne. Craignant à nouveau qu'elle puisse le déchiffrer comme un livre ouvert, il baissa les yeux.

Sonia posa alors une question, une seule question qui allait transformer la suite de l'histoire.

— Toujours aussi branché, mon chéri?

Encore ébranlé par l'apparition subite de la fille-météore, William se contenta d'un signe de tête affirmatif et, évidemment, Fléo crut bon de répondre à sa place:

— La première fois que j'ai assis mon fils devant l'ordinateur, ses pieds ne touchaient même pas le plancher.

— Ah! non, pas ça... murmura William.

Il connaissait le scénario et le texte du numéro que son père s'apprêtait à déballer, et il en éprouvait déjà un profond malaise. De plus, le ton racoleur, Fléo faisait mine de s'adresser à Sonia, mais il parlait assez fort pour être entendu par toute la galerie.

William eut beau jeter un regard meurtrier à son paternel, Fléo poursuivit:

— Mon fils est né branché! Il a même passé les premiers mois de son existence dans un aquarium... pardon, un incubateur.

La fille leva les yeux. Elle offrit à Fléo un sourire tout juste poli et continua de balayer le plancher. William sentit qu'elle suivait attentivement le monologue de son paternel et il redouta le pire.

Il connaissait également la suite. Fléo allait ajouter que la naissance prématurée de William lui avait causé une certaine déficience auditive. Puis, il préciserait que son fils avait vécu une enfance solitaire et que c'est pour cette raison qu'il l'avait installé très tôt devant l'ordinateur familial. Et, pour finir, il annoncerait:

— Te rends-tu compte? À dix ans, il avait déjà battu tous les records des jeux vidéo. 30 000 contre King Kong! Pas mal, non?

Fléo braqua ses yeux bleu outremer sur la fille-météore. Il connaissait son charme et, chaque fois que l'occasion se présentait, il l'exerçait comme s'il s'agissait d'une discipline olympique exigeant un entraînement de tous les instants.

— Mon fils ne sera jamais astronaute. Mais, au moins, je peux me vanter d'en avoir fait un internaute averti. La semaine dernière, il a même eu sa première séance de cybersexe!

Fléo regarda du côté de la fille pour mesurer l'effet de ses paroles. L'air excédé, elle ramassa un peignoir qui traînait sur une chaise et disparut complètement du champ de vision de William.

Intimidé et démoli au possible, William regarda par terre.

Tout en lui plaçant un bonnet de plastique sur la tête, Sonia tenta de neutraliser Fléo.

— Laisse tomber! La petite est la fille d'une de mes grandes copines.

Sonia baissa le ton d'un demi-dB, comme le font les adultes quand ils se confient des choses à propos de leur progéniture. C'est ainsi que William apprit de la bouche de sa coiffeuse que cette fille était une originale.

— C'est normal. À cet âge-là, tous les jeunes veulent se faire remarquer, commenta Fléo.

Sonia parut offusquée.

— Écoute. Cette fille est très brillante. Elle vient de gagner un concours et part pour le Mexique le mois prochain. Le Yucatán, ça te dit quelque chose? C'est là que les Mayas ont vécu. D'après ce que la petite raconte, ils seraient les descendants d'un peuple qui est venu coloniser la Terre il y a des centaines de milliers d'années.

Fléo sembla soudainement ennuyé.

— Encore une autre histoire de secte, je suppose...

— Non, non. C'est plus sérieux que ça. Il paraît qu'une planète de notre système solaire a un jour explosé et c'est ce qu'elle s'en va...

Sonia ne termina malheureusement pas sa phrase et s'éloigna momentanément pour aller saluer des clientes qui quittaient son salon.

William repensa à sa dernière conversation avec Maya33, alias Max et Maxime, et la confronta aux révélations de Drbal. Ne lui avait-il pas dit, une nuit, que sa presque petite-fille s'en allait visiter un site maya? Cette jeune beauté qui circulait dans le salon, était-ce...

— Non, ça ne se peut pas. Statistiquement impossible...

Dans le miroir, William la vit réapparaître et il l'examina plus attentivement. Il nota qu'elle était vêtue d'une camisole et d'un jeans qui laissait à découvert son nombril et son ventre doré comme un caramel. Hypnotisé par les mouvements de son corps, il se surprit même à imaginer comment elle était sous ses vêtements...

«Arrête de la regarder, tu as l'air d'un obsédé» pensa-t-il.

William était troublé. Il s'efforça néanmoins de rester calme, de crainte que son coeur ne se mette à battre trop vite ou, pire, qu'il se retrouve, au milieu du salon, victime d'une érection malvenue.

Sonia revint à ses côtés. Déposant une serviette sur les épaules de William, elle glissa ses mains sur sa nuque et dégagea sa belle chevelure brune.

— Tu t'en vas travailler sur la côte ouest?

Avec son bonnet de plastique sur les cheveux, Fléo aurait dû être hors service pour un bout de temps, mais il ne put malheureusement s'empêcher de répondre à la place de William.

— Oui, il part demain.

Sonia fit semblant de n'avoir rien entendu et continua de s'adresser à William.

— Alors, pour mon chéri, qu'est-ce que ce sera, aujourd'hui? Est-ce qu'on fait le tour d'oreille?

— Déjà qu'il s'en va passer l'été dans le bois, je ne tiens pas à ce qu'il en revienne avec des poux plein la tête. Fais-lui donc une coupe bûcheron, dit Fléo, en gratifiant Sonia d'un regard supposément complice.

C'était une blague, mais le ton de sa voix trahissait de l'amertume. Après tout, papa Fléo n'était pas très heureux du départ de son fils.

Cette fois, Sonia avait sourcillé. La fille, elle, avait tendu l'oreille et, dans un éclair, elle vint se poster devant Fléo. Il n'y avait aucun doute, c'est à lui qu'elle voulait s'adresser.

— Écoute-moi bien, le vieux. C'est sa tête à lui, pas la tienne!

Elle avait craché ça à plein volume et, du coup, le silence se planta comme un poignard au milieu du salon.

La musique nouvel âge que diffusait la radio était normalement d'une douceur à endormir les gorilles; dans les circonstances, cela ne réussit même pas à adoucir les moeurs.

Mais ce que les têtes mouillées, les bouclées, les teinturées, les permanentées, les

fraîchement taillées ne pouvaient soupçon-
ner, c'est qu'une véritable bombe était sur le
point d'éclater.

Son balai à portée de main, la sorcière
miniature dévisagea William, puis s'adressa
de nouveau à Fléo:

— Moi, j'appartiens à un des deux genres de mammifères évolués disponibles sur
cette planète et jamais, jamais, je ne permet-
trais qu'on me traite comme ça. Laisse-le
donc tranquille, espèce de *pepino*!

William frissonna. Cette façon de parler
lui était vraiment trop familière. Ses pensées
se mirent à errer. Hallucinait-il ou était-ce la
réalité qui tentait de le rattraper?

Inquiète de la tournure des événements,
Sonia s'approcha de sa jeune protégée et, lui
passant un bras autour des épaules, elle lui
dit posément:

— Voyons, calme-toi, Maxime.

— Maxime... murmura William.

Question de se rassurer, il regarda sa montre. Les trois chiffres qui apparaissaient sur
son cadran fluorescent le firent pâlir d'un
coup. Il était une fois de plus 4 heures 44...

William vit son reflet multiplié à l'infini
par le jeu des miroirs. Les fauteuils et le plancher du salon de coiffure devinrent obliques.

Enfin, une nuée de taches noires envahit son champ de vision. Tout bascula...

— Aaahhh! William! cria Sonia.

Il venait de s'évanouir, glissant sur le plancher comme les mèches de cheveux: les blondes, les rousses, les noires et les grises.

Chapitre 8

Un baiser 3-D

Installé aux commandes d'un vaisseau spatial de sa fabrication, William poussa les réacteurs à leur pleine puissance. Il dépassa une flotte de vaisseaux intergalactiques et s'installa au centre de la Voie lactée. Il naviguait en maître dans le cosmos et son imposant crâne chauve bouillonnait d'idées.

S'agissait-il du début ou de la fin de son aventure sidérale? Il ne le savait pas. L'important, c'était que Drrrit(e) se trouvait à ses côtés. Et, puisqu'ils avaient encore des milliers d'années-lumière à franchir, il en profitait pour lui caresser doucement le cou.

— Drrrit(e), Drrrit(e)... edrager.

Vu du hublot, le spectacle qui s'offrait à eux était grandiose. Dans le lointain, les lumières des villes, scintillantes comme des étoiles, indiquaient nettement qu'ils s'approchaient de la planète X. Dans quelque temps, lui et Drrrit(e) allaient toucher le sol et revoir leur planète étrange.

— Réveille-toi, vite, réveille-toi... fit une voix au loin.

Constatant soudain que l'image de Drrrit(e) ainsi que leur fabuleux panorama commençaient à s'estomper, William ne put que gémir:

— Non, etser, etser...

Ensuite, tout redevint aussi noir que dans le cyberespace. William sentit qu'on déposait une serviette toute fraîche sur son front. Puis, des mains délicates et un peu froides effleurèrent sa peau.

Quand il ouvrit les yeux, il eut l'impression d'être dans la salle de réveil d'un hôpital, après une opération à coeur ouvert.

En réalité, il avait été transporté dans une pièce à débarras, à l'arrière du salon de coiffure. Il y avait là des amoncellements de bouteilles de shampoing, du mobilier d'avant la redécoration du salon Sublime, de vieux rouleaux usés, des brosses à cheveux ébouriffées, des peignes édentés et toute une panoplie de ciseaux menaçants.

Calé dans une sorte de vieux fauteuil muni d'un appuie-tête, William fixa la camisole de Maxime qui bâillait juste assez pour laisser entrevoir la courbe de ses jolis petits seins.

— Est-ce que je rêve? demanda-t-il.

Maxime fit signe que non. Elle expliqua à William que Fléo venait de sortir en courant du salon de coiffure. La tête recouverte de son bonnet de plastique, il allait sans doute chercher un médecin ou une infirmière à la clinique située à l'autre bout du centre commercial.

Elle se pencha et lui chuchota à l'oreille:

— Viens... On sort d'ici.

Maxime saisit la main de William et il la suivit. De toute façon, elle aurait pu le mener n'importe où par le bout du nez.

«Les filles doivent sûrement posséder un code génétique spécial pour réussir ce genre de truc» pensa-t-il, ébloui.

Se ressaisissant subitement, William griffonna une note qu'il déposa sur le plancher, là ou Fléo aurait bientôt l'occasion de mettre les pieds:

Ne m'attends pas pour souper. J'ai des choses importantes à faire. Je reviendrai plus tard.

Assez satisfait de sa formule, William saisit prestement une paire de ciseaux avant de s'éclipser, en compagnie de Maxime, par la porte arrière du salon.

Tout se déroula comme par enchantement. Main dans la main, William et Maxime eurent l'impression de flotter. Ceux qui les virent passer auraient pu raconter qu'ils avaient marché vers la plus proche intersection, qu'ils avaient fait du pouce, puis qu'ils avaient couru à perdre haleine vers cette auto vert lime qui leur offrait de les véhiculer. Mais William et Maxime auraient plutôt déclaré qu'ils avaient été portés par des ailes invisibles.

Ils se trouvaient maintenant dans un parc longeant paresseusement le fleuve. Le soleil éclatait en plein ciel bleu. Des moucherons voletaient autour des pissenlits. Quelques grives chantaient accompagnées par les mouettes rieuses. Bref, il s'agissait d'un site magnifique qui, pour une fois, n'avait rien de virtuel!

William invita Maxime à s'asseoir au pied d'un grand peuplier dont les feuilles bruissaient doucement. Afin de rompre le silence gênant qui s'était installé entre eux, il lui raconta que son père et lui fréquentaient souvent cet endroit, l'une des plus belles pistes cyclables de la ville. Il pointa du doigt un espace béant entre les arbres.

— L'an dernier, il y avait une grosse maison de briques rouges, une maison solide de plus de cent ans, juste là. Elle a été démolie en une journée. Gnab! Eurapsid, dit-il timidement.

— Comme la planète X... remarqua Maxime avec un air de défi.

— Donc, c'est vrai que tu connais Drbal?

— Bazar, tu veux dire... C'est lui qui t'a conté mon histoire?

— Notre histoire, corrigea William.

Maxime changea d'expression et, de ses doigts si légers, elle effleura les brins d'herbe nouvellement sortis de terre.

— Est-ce que tu y crois vraiment?

Troublé par la question, William haussa les épaules et inspira profondément.

— Je ne sais pas. C'est probablement à moitié vrai pour la planète X et à moitié faux pour le reste.

Drbal ayant confié à William des détails qui n'étaient pas tout à fait les mêmes que ceux qui composaient le récit de Maxime, ils entreprirent de comparer leurs versions respectives.

— Drbal prétend que Drrrit et Drrrit(e) étaient des prototypes, des sortes de robots presque parfaits, raconta William.

Maxime considéra William avec étonnement. Cette description ne correspondait pas du tout à l'idée qu'elle s'était faite de ses deux héros.

— C'est drôle... Moi, je les imaginais avec une grosse tête et un petit corps de rien, comme sur un dessin d'enfant.

William s'inquiétait: Drrrit et Drrrit(e) avaient-ils survécu à l'explosion de leur planète? Maxime lui révéla ce qu'elle savait à ce sujet.

— Bazar m'a dit qu'ils étaient finalement arrivés sur la Terre transportés par une sorte de météorite et qu'au fil des siècles ils s'étaient reconstitués. Puis, ils sont parvenus au pays des Mayas. C'est fou, non? Une vraie histoire inventée.

William et Maxime ne savaient pas s'ils devaient y croire, mais ils n'y pouvaient plus rien. Le cœur battant, ils s'agenouillèrent face à face et, joignant leurs mains, ils se regardèrent vraiment pour la première fois. Maxime en eut le souffle coupé. À fixer ainsi le vert de ses yeux, William lui parut d'abord entouré d'un halo de lumière vibrant aux couleurs de l'arc-en-ciel.

— C'est incroyable de se voir d'aussi près. Pourquoi les gens ne le font-ils plus?

Sur le point de succomber au magnétisme de son regard, William put seulement répondre:

— Il y a trop d'écrans de nos jours. La

télé, les ordinateurs...

Les yeux dans les yeux, William et Maxime entreprirent un drôle de voyage dans le temps et l'espace. Maxime vit William changer trente-trois fois de visage: il fondait comme un masque de cire et se reformait tantôt jeune, tantôt vieux. Sa peau passait du jaune au noir, au blanc et au rouge. Il portait une barbe de vieux prophète, il était malade, il jouait avec une toute petite balle de caoutchouc bleue... Ses yeux ronds ou bridés paraissaient à la fois souriants, tristes, blessés, triomphants.

Ce spectacle défilait à un train d'enfer, comme si elle voyait en accéléré tout le chemin qu'il avait fait sur la Terre avant de la retrouver: dinosaures, Atlantide et compagnie.

— C'est presque impossible, dit-elle pour se rassurer.

Après quoi ce fut au tour de William de fixer les pupilles de Maxime avec intensité. Il y effectua un plongeon vertigineux jusqu'au fin fond des âges.

Maxime devenait une amibe, puis elle se métamorphosait en têtard, en serpent, en ptérodactyle, en guenon et, enfin, elle devenait une jeune créature humaine.

— Non, ça ne se peut pas, s'étonna William.

Pourtant, le manège reprit de plus belle. Incapables de rompre le contact, Maxime et William poursuivirent l'incroyable périple qui semblait se dérouler depuis des siècles au creux de leurs prunelles.

Ils étaient à la fois sur la Terre et au ciel. Ils filaient de l'un à l'autre à une vitesse ahurissante. Effectuant des vrilles au-dessus des nuages, ils survolaient des montagnes aux crêtes blanches, des volcans et un continent merveilleux perdu au milieu de l'océan.

Leurs oreilles bourdonnaient de sons immenses. Aux rugissements des lions et aux cris des oiseaux affolés se mêlait le bruit insupportable des plaques tectoniques qui se heurtaient comme des mastodontes aveugles soumis aux forces qui remuaient au coeur de la planète. Les colonnades, le colosse de pierre qui gardait le port océanique, les cités merveilleuses... tout s'anéantissait dans les profondeurs de l'eau bleue.

— Maxime, l'Atlantide vient de disparaître. Qu'est-ce qui va nous arriver? s'inquiéta William.

S'élevant de nouveau dans les airs, ils

volaient au-dessus d'une jungle verte et touffue au milieu de laquelle se trouvait une grande place où ils atterrissaient en décrivant une spirale. Aussitôt, des gens se rassemblaient autour d'eux, croyant à juste titre qu'ils étaient tombés du ciel.

Sur cette place, Maxime reconnaissait la pyramide rouge étagée, la même qui lui était apparue sur l'écran de Drbal. Elle gravissait les marches qui menaient au sommet et William la suivait, vêtu d'un simple pagne.

En haut, coiffé d'une sorte de panache orné de plumes, de serpents et de têtes de jaguar, un homme vieux comme le monde les attendait.

— C'est Drbal, s'écria William.

— Ah! vous voici enfin! Je suis content de vous voir.

— Que faut-il faire? lui demandèrent Maxime et William.

— Vivre, les enfants. Vivre et ne jamais oublier la planète X, leur déclara-t-il en souriant.

Là-dessus, il poussa un grand rire et se propulsa au milieu des nuages qui décoraient le ciel bleu. Subitement, il fit noir et le ciel se constella d'étoiles.

À bout de souffle, Maxime ferma les yeux pour se soustraire à ces visions, mais les images continuèrent à tourner dans sa tête et elle eut la certitude glacée qu'elle allait perdre la raison.

— Je n'en peux plus, souffla-t-elle.

Aux prises avec la même tourmente, William eut le réflexe de prendre Maxime dans ses bras et il mit ainsi fin à leur expérience de haute voltige.

— Maxime... Maxime. C'est peut-être une histoire inventée, mais elle est belle puisqu'elle m'a permis de te rencontrer. Et si c'est vrai, cela veut dire que nous sommes des extraterrestres!

Maxime se risqua à entrouvrir les yeux et, constatant que William ne subissait aucune déformation délirante, elle répéta sans broncher et le plus sérieusement du monde:

— Oui!... Des extraterrestres, tout simplement...

Cette conclusion étonnante saisit leur esprit et tous deux furent pris d'un fou rire irrépressible. Les joues inondées de larmes, Maxime et William n'étaient plus en mesure de parler et pourtant des mots sortirent de la bouche de Maxime, malgré elle, comme un hoquet:

— Tse'uq-ec euq ut sa égnam, iuh'druoj-ua?

À la fois surpris et inquiet de comprendre son charabia, William lui répondit:

— Qu'est-ce que j'ai mangé? Rien ou à peu près. D'ailleurs, j'ai faim.

Oui, une chose était certaine, cet incroyable voyage dans le temps leur avait creusé l'appétit. Ils dévorèrent la salade mexicaine que Maxime s'était apportée comme casse-croûte et cette nourriture les apaisa. Puis, William fouilla dans ses poches et en sortit la paire de ciseaux qu'il avait ramassée avant de fuir le salon Sublime.

— Il y a un problème, dit-il, l'air moqueur. D'habitude, les extraterrestres ont le crâne chauve. Tu me coupes les cheveux?

Maxime se rappela sa fâcheuse aventure avec la bande de Doreen et voulut prendre le temps de réfléchir à la proposition.

Pour lui signifier qu'il était déterminé à passer aux actes, William posa doucement sa main sur la tête de Maxime, là où sa chevelure recommençait à peine à pousser.

— Je veux être comme toi, dit-il.

Maxime le regarda avec émerveillement et lui offrit le plus beau sourire du monde. William lui tourna le dos et Maxime s'exécuta avec une grande délicatesse.

Quand elle eut terminé, une belle lune

dodue apparut à l'horizon. Dans la pénombre, et avec son crâne presque dégarni, William ressemblait tellement à l'idée que Maxime s'était faite de Drrrit... C'en était affolant.

— Là, je te reconnais, affirma-t-elle, comme si elle s'adressait vraiment au héros de son enfance.

— Tu ressembles à Drrrit(e), dit William.

C'était inévitable, à jouer leur petit jeu, Maxime et William se faisaient prendre au piège.

William prit les mains délicates de Maxime et, les serrant dans les siennes, il déclara:

— J'aimerais passer le reste de l'éternité avec toi.

— Menteur! Tu pars demain, répliqua Maxime.

— Toi aussi, tu t'en vas le mois prochain! rétorqua William.

À la seule idée d'être à nouveau séparés, ils se sentirent paniqués.

— Ça fait 600 000 ans qu'on se cherche et il faut déjà se quitter. C'est absurde, décréta Maxime.

Ému, William retira son t-shirt et Maxime ne put s'empêcher de glisser ses doigts sur son dos constellé de grains de beauté. Il était là en chair et en os devant elle, et elle l'aimait. Elle l'aimait depuis très, très, très long-temps. Et, un jour, oui, un jour, ils auraient ensemble neuf enfants, un pour chaque planète du système solaire, qui s'appelle-raient, comme de raison, les Bienvenue-Laliberté.

— Mercure, Vénus, Terre, Mars, Jupiter, Saturne, Uranus, Neptune, Pluton, énuméra-t-elle à voix basse.

— Et X, ajouta William, glissant avec elle au fil de ses pensées.

Maxime parut songeuse et, contemplant le ciel, elle avoua:

— Des fois, j'aimerais retourner vivre là-bas, si notre planète existait encore...

William n'était pas du même avis:

— On ne pourrait plus vivre sur X. Le corps des humains est trop fragile. Quand je regarde la télévision, je n'en reviens pas. Un coup de revolver ou de machette et la peau des humains éclate comme un fruit trop mûr. De toute façon, moi, ça me convient tout à fait, ici.

— Parle pour toi. Sur la Terre, tout est organisé pour que les garçons vivent mieux que les filles.

Maxime avait décidément tout un carac-tère, mais William la trouvait irrésistible.

— Faux! Moi, je pense que les filles sont

mieux réussies sur le plan physique, affirma-t-il.

Puis, ils ne dirent plus un mot.

Le petit parc était maintenant désert. Au son des vagues qui venaient clapoter sur le rivage, William et Maxime s'allongèrent sur l'herbe fraîche.

Maxime sentit la main de William qui se faufilait sous sa camisole et elle se colla tout doucement contre lui. Il approcha sa bouche de la sienne.

— Un... baiser... 3-D... il n'y a... rien de mieux... sur la Terre... déclara-t-il, avec une voix de robot.

Maxime et William n'avaient qu'à goûter chaque instant, chaque nanoseconde de cette existence si capiteusement terrestre. Enivrés comme certains adultes qui consomment un apéro, du vin et des alcools de feu, plus brûlants qu'une centrale thermique, ils se noyèrent dans l'océan des sensations nouvelles. C'était à croire qu'ils allaient bientôt exploser...

Chapitre 9

Enu erttel

Fléo voulut d'abord savoir si William allait bien. Si son travail lui plaisait, s'il était bien logé et, enfin, s'il mangeait à sa faim.

— Pas mal. Mais ça ne battra jamais ton spaghetti au beurre et au fromage, répondit William au bout du fil.

Fléo poussa un petit rire nerveux et il reparla encore une fois de l'incident du salon de coiffure. Il avait été inquiet, profondément inquiet, et ce qui lui avait causé le plus de peine, c'était le fait que son fils se comporte comme un fugueur ordinaire.

— Tu comprends, j'espère...

William contempla les majestueuses montagnes qui composaient, depuis une semaine déjà, son décor quotidien et il murmura:

— Oui, je crois.

Il s'excusa en bafouillant.

Fléo prit alors un ton encore plus sérieux et annonça à William qu'il avait communiqué avec Drbal. Il l'avait rejoint sur son site, puis s'était déplacé pour le rencontrer en personne.

— Monsieur Drolet m'a paru un peu excentrique, au premier abord, mais, au fond, je le trouve très sympathique.

Et, puisque Elvire Drolet avait offert du thé et un petit gâteau à la vanille qui sortait tout chaud de son fourneau, ils avaient tous les trois parlé pendant des heures et des heures. William essaya d'imaginer leur drôle de rencontre et il se demanda ce que Balthazar Drolet alias Drbal avait vraiment raconté à son père.

— À présent, je sais tout, déclara Fléo.

William sentit que son père allait lui parler du projet que Maxime et lui avaient concocté avec Balthazar Drolet. Il attendait, le coeur battant, que Fléo se prononce.

— En fait, au début, j'ai été surpris. Je ne savais pas que tu t'intéressais tant que ça à l'archéologie. J'imagine que c'est à cause de cette fille, Maxime.

Fléo crut bon d'expliquer à William qu'il jugeait son projet un peu fou, mais il reconnut qu'il en avait mijoté de bien pires dans sa jeunesse.

— M. Drolet m'assure que lui et sa femme prendront soin de toi comme si tu

étais leur propre petit-fils, et moi... je m'occu-
perai de la question du passeport.

Fléo respira un bon coup et, avec un drôle
de trémolo dans la voix, il ajouta:

— Après tout, il faut bien que je commence à te laisser vivre ta vie. Mais n'oublie
jamais que je suis ton père et que... j'ai
besoin de toi.

William comprit alors que son père
acceptait qu'il se rende au Yucatán, une fois
son travail au camp de reboisement terminé.
S'il se retenait d'éclater de joie, c'était de
crainte que son cri ne fasse trembler les
montagnes et qu'il provoque des avalanches
meurtrières.

— Peux-tu m'expliquer une dernière
chose? Pourquoi Maxime m'a-t-elle traité de
pepino? demanda Fléo.

William répéta à son père ce que Maxime
lui avait appris: le mot *pepino* signifiait
«concombre» en espagnol.

Silence.

William craqua le premier. Puis, tous les
deux se mirent à rire.

— Merci. Merci pour tout. Je t'aime... je
t'aime beaucoup, moi aussi, Fléo... Là, il
faut que je te laisse. Je te retéléphone la
semaine prochaine.

William raccrocha le vieux combiné et il sortit de la cabine dont les battants grinçaient. Gonflé d'espoir et d'air frais, il se dirigea vers le sentier qui menait droit à un promontoire. Lorsqu'il y parvint enfin, il sortit son ordinateur portatif de son sac à dos, l'ouvrit et alluma l'écran.

C'était au moins la troisième fois qu'il tentait d'écrire à Maxime et, ce soir-là, comme les précédents, il attendit que les mots se pointent au rendez-vous.

Chaque lettre, chaque signe du clavier de l'ordinateur semblait le narguer, comme pour le mettre au défi.

Écrire était-il si douloureux, difficile, pénible? Pourquoi les mots n'apparaissaient-ils pas tout seuls à l'écran? William en avait pourtant des flots, des torrents, des Niagara complets dans la tête.

Souffrait-il d'une panne d'inspiration? Non, impossible. Le jour, quand il travaillait à planter des arbres, des phrases complètes lui venaient naturellement pour exprimer ce qu'il ressentait.

Cependant, devant l'écran et le clavier, il était grugé par le trac, ne savait plus quoi dire, quoi écrire et ne s'entendait même plus penser.

— Qu'est-ce qui m'arrive, au juste? s'interrogea-t-il avec une pointe d'impatience.

William ne pouvait pas se cacher derrière un pseudonyme, comme il le faisait sur l'autoroute électronique. Était-ce le fait de vouloir écrire une lettre d'amour?

William flatta l'écorce du grand pin centenaire contre lequel il était appuyé et il pensa aux innombrables forêts qui étaient abattues pour produire du papier.

— Dans quelques années, seuls les gens qui auront vraiment des choses essentielles à dire pourront en utiliser, lui avait-on souligné à son arrivée au campement.

William soupira.

Le temps passait et les batteries de l'ordinateur pouvaient flancher d'un instant à l'autre.

— Frustrant! C'est totalement frustrant de ne pas pouvoir s'exprimer comme on veut, songea-t-il.

Du haut de sa montagne, William regarda la mer et ses fjords, puis il leva la tête pour contempler la voûte céleste. Ce soir-là, le ciel composait un décor étourdissant. Il y avait sûrement plus de mille étoiles et William regretta que Maxime ne soit pas à ses côtés. Pourquoi était-ce si compliqué de décrire toute cette beauté?

Alors, un météore, peut-être un minuscule fragment de la planète X, traça subitement un grand trait lumineux dans la nuit et William se rappela un des nombreux préceptes de Drbal:

— L'idéal, mon cher W, c'est presque d'écrire les yeux fermés. Quand les mots viennent du coeur, ils coulent d'eux-mêmes, comme la moutarde jaune électrique sur la tranche de pain d'un sandwich au jambon, et c'est merveilleux.

À la lueur de son écran d'ordinateur, William déposa ses doigts sur les touches du clavier et il écrivit tout d'un trait:

Maxime, d'abord et avant tout: je t'aime. Je ne sais toujours pas si les Mayas sont nos ancêtres, mais il se peut que la réponse à nos questions se trouve du côté du Yucatán.

Notre histoire est loin d'être terminée, elle ne fait que commencer.

Attends-moi, j'arrive.

William-Sacha.

Chapitre 10
Message codé

Le message de William fut transmis à Maxime par courrier électronique et, après avoir cheminé dans le cyberespace, il aboutit sur l'écran de Bazar. Celui-ci saisit son téléphone et appela Maxime qui descendit en vitesse chez lui, accompagnée de sa mère. Apparaissant en tout petits caractères sur l'écran, les mots de William eurent pour effet de lui remplir le coeur d'un immense bonheur.

— Yahou! hurla-t-elle.

Son cri de joie s'enfuit rapidement par la fenêtre de la cuisinette verte où Elvire s'affairait à remplir ses premiers pots de confiture de fraises.

Bazar sortit son atlas routier et son doigt glissa sur le papier, traçant le chemin qui les mènerait de Montréal à Vancouver où ils rejoindraient William. Ensuite, tous trois rouleraient de Vancouver à la presqu'île du

Yucatán, en passant par les États américains de Washington, de l'Idaho, de l'Utah, du Colorado et du Nouveau-Mexique.

— Nous arrêterons saluer la mère de William avant de franchir la frontière américano-mexicaine, mais nous te rejoindrons, tel que nous l'avons prévu, à la fin de ton expédition, expliqua-t-il à Maxime, éblouie.

En tout, le campeur presque neuf de Balthazar franchirait quelque 12 000 kilomètres, à l'aller seulement.

— Un excellent véhicule, précisa Bazar.

Enfin, Elvire les invita tous à passer à table et elle leur offrit du pain, du fromage et du vin pour célébrer l'événement.

***

Plus tard dans la nuit, alors que tous dormaient, l'ordinateur et toute la quincaillerie informatique de Drbal subirent une imperceptible secousse. Tremblant légèrement sur leur socle, ces instruments du futur semblaient dotés d'une entière liberté d'action. L'écran fit quelques clins d'oeil lumineux à la souris qui émit elle-même un drôle de petit bruit.

L'imprimante s'emballa toute seule et, sur

la rame de papier, un long texte commença à s'inscrire. D'abord, il y eut des pages et des pages de signes, de chiffres, de triangles et de ponctuations obscurs. Puis, des lettres apparurent:

Al eiv tse esueicérp te eligarf. Srevinu'l tse egnarté te éuqilpmoc.
Li tiaté tnegru ed eriaf rinevrap ec egassem xua sneirret. Icrem te ennob ecnahc. Soun semmos ceva suov.

Destiné à tous les habitants de la planète Terre, le message codé était pourtant d'une grande simplicité!

Table des matières